やすらぎの苑

北川 聖

KITAGAWA Sei

文芸社

目次

やすらぎの苑

１　私

私は知的障害者です。父母の期待に反して生まれ、申し訳ないです。私は特別学級で学び育ちました。数字は一桁までしか数えられません。二桁になると思考が停止してしまうのです。整数は何となく分かるのですが、ゼロの意味することが分かりません。コンピュータの世界では０と１しかないそうですからゼロは無なのでしょうか。それなら存在は１ですね。存在と無をかけると無になるのでしょうか。私には分かりません。

足し算は一桁までならできます。掛け算、割り算なんかは分かりません。でも１＋１がなぜ２になるのか分かりません。そもそも数字の意味するところがよく分かりません。算数は何となくイメージできるのですが、数学となると全くイメージできません。

ん。数学が分からないと、この世界は成り立たないのですね。それなら私はこの世界にいてはいけないのかもしれません。

それならなぜ生きているんだと言われても困ります。死にたくないからです。虫が潰されるのを逃げるように私は死にたくないです。社会の何の役にも立っていないことは分かります。むしろ社会から見たら悪なのかもしれません。それでも生きていたい。もちろん死にたいことはあります。それもしょっちゅうです。

私は特別学級でしたから、いろいろな障害のある人がいます。それでもいじめはあります。障害の軽い人は重い人を馬鹿にしています。蹴とばされることもあります。だからあざはしょっちゅうです。

先生はみんな平等だと言います。でも平等なわけありません。人間は上から下までいるということです。それで私は下です。知的障害者は物事が分からないからコンプレックスという概念がないんだと言われますが、もちろんコンプレックスはあります。健常者がうらやましい。きっと彼らはこの世の中のことを全部知っているのでしょうね。でも私は何も分からない。知的障害者は犯罪をあまり起こさないと思われているかもしれません。でもあれは嘘です。もちろん先生からやってはいけないこと、人の迷惑になることはしてはならないことを十分に教えられます。でも障害者にも欲望があります。いつも気持ちの上では犯罪すれすれのところにいます。なぜすることが少ないかと言えば先生に執拗に教えられたからです。逆に、していいことは教えられません。障害者のすることなど何もないと思っているからでしょう。特に知的障害者はそうです。みんなに迷惑かけて足を引っ張る存在としか思われていないでしょう。実際そうですから何も言えません。

知的障害者の多くがそうでしょうが私も言語障害です。言葉に出して伝えることが苦手です。というよりほとんど伝わりません。そもそも伝えたいこともそれほどないのですが。知的障害者の内面は空虚です。それなりに幸せな障害者もいるのでしょうが多くはイライラしていて、かつボーッとして呆然と日々を過ごしています。非生産的でただ無益に消費して人様に害悪を及ぼす以外の何ものでもありません。私たちでも生きていていいんでしょうか。私より重度の障害者はそう問うことさえありません。私たちの多くは顔が引きつっています。何かを話そうとすると顔中が痙攣するのです。「あ、あ、あ」という呻き声を発する以外できない人もいます。彼らを世話する人たちは大変です。声なき声を理解し拾ってやらねばなりません。介護者の日常はそれだけで終わってしまいます。それが生きがいでなければやれない仕事でしょう。報われることはありません。障害者が回復することはないのですから。私も回復しません。健常者のように考え話すことはできません。どうにか聞き取ってくれる程度の話し方しかできません。

私は現在三十歳です。知的障害者なのに何かを理解しようとする欲望はあります。でも本を読んでもその内容のほとんどを理解できません。漢字が覚えられないから当然でしょう。でもたとえ漢字が分かっても内容を理解できないでしょう。本来、文字とは抽象的なものですが私には具体的に指し示すものしか理解できません。ですから私には思考というものが少ししかありません。具体的なものの上辺(うわべ)をなぞっていくことしかできません。主語と述語の間に言葉が入るとたちまち何を言っているのか、何が書かれているのか分からなくなります。聞いているうちに、読んでいるうちに主語を忘れてしまうからです。

私たちの多くは幼稚園児程度の知的能力もありません。まさに二、三歳程度の能力しかありません。それを能力というのかどうかも私には分かりません。

私たちの暮らしている障害者施設は「やすらぎの苑」と言います。重度知的障害者から比較的軽度の障害者までいますが、誰も一人では何もできません。職員の手助けなくして私たちが生きていくことはできません。毎日、食べること以外は呆然と一日を過ごすこと以外できません。

怖い職員が何人もいます。私たちの前で意味なく刃物をちらつかせる人がいます。何のためか分かりませんが私たちは怯えています。声にならぬ悲鳴を上げて逃げ惑う以外ありません。怖くて暴れる子もいます。そうするとベッドに押さえつけられ、バンドを掛けられ身動きできなくされます。罰なんでしょうか。何からの罰なんでしょうか。そもそも私たちの罪とはいったい何でしょう？　罪があるというなら、それは生まれながらのものというしかありません。私たちが言葉の不自由なのも、自由に身動きできないのも、重度の知的障害なのも、よほど前世に悪いことをしたのでしょうか。だから罰を受けたのでしょうか。そうとしか考えられません。だって「今のところ」生まれてから悪いことをしてきたとは思えません。私たち自身のせいだとはとても思えません。家族に迷惑をかけているのは知っています。だから施設に入れられたのでしょう。でもそれは私たちにはどうすることもできなかったことです。

私たちは非生産的で世の中の何の役にも立てません。でもそれほど害悪をまき散らしているわけでもありません。それなのに一部の職員は凶暴な目で見ます。のみならず体を蹴ったり叩いたりします。私たちは恐怖におののく以外ありません。そういうのを虐待というのでしょう。

私たちの多くは生まれた瞬間から虐待し続けられています。五体満足でない赤子を見る親の視線は虐待の始まりです。そこから障害児としての区別が始まります。差別ではありません。区別です。差別にはまだ救いがありますが区別にはそれがありません。重複障害で重度の難病の子がいます。彼らの多くは病院の併設された施設以外では生きていけません。神などいるかどうか分かりませんがなぜそんな過酷な運命を彼に与えたのでしょう。という私だって、そうとうな障害です。左手は肩から先がありませんし右足は腿から先がありません。先天的な障害です。これを書けるのは右手があったからです。でも私の文章は猿がキーボードを叩いているようなものです。健常者から見たら意味不明でしょう。それでも書かないわけにはいきません。私の命はいつか危険にさらされるのではないかという恐怖があるからです。その意味で、これは遺書になるかもしれません。

　私たちはなぜ生まれてきてしまったのでしょう。そしてこの世界はなぜ、無ではなくて存在しているのですか。どちらの可能性もあったはずです。私は無が本来の姿だと思います。それならばこの世は異常です。この世があるから私たちは生まれてきてしまったのです。そしてあらゆる辛苦を背負うことになってしまったのです。

この世は別に無くてもよかったんじゃないかと思うことがあります。在ることがそれほど必要でしょうか。大事なことなんでしょうか。私にはよく分かりません。健常者ならあらゆることを知っているのでしょうね。だから思い悩むなんて無駄なことはしないでしょう。それこそ時間の無駄だからです。私たちは健常者を見ると神の次に偉いんじゃないかと思うことがあります。ですから殴られても蹴られても何も抵抗できません。彼らの方が正しいのですから。私たちは常に痛みの中にいます。それは心であったり体であったり、だから痛みのない健常者を見ると羨望の眼差しで見てしまうことがあります。そうすると、見るな！　と言われて殴られます。彼らの殴った方の手は痛くないのでしょうか。心の呵責のことを言っています。そんなものは一切ないのでしょうね。神の次に偉い人が良心の呵責になることをするわけがありません。だから殴られるのは私たちが悪いのです。

天の声があります。

「お前たちはゴミだ、屑だ。重複障害者は社会に不幸しかもたらさない。お前たちは死んだ方がいい。でも自殺する障害者なんて一人もいない。障害をさも偉そうに主張する馬鹿もいる。世にも気持ち悪い体なのにセックス三昧だったとひけらかす鬼のつく馬鹿もいる。お前たちに正常で健康な男や女が近づくわけがない。お前たちは心身両面において異常者なのだ。それを徹底的に自覚しろ。異常者は異常者らしく生きろ、健常者の世界に近づくな。さもなければ自殺せよ」

全くその通りだと思います。時おり刃物をちらつかせる職員です。あの人の言うことに間違いはありません。神の次に偉いのですから。あの刃物は聖なる剣だと思うことがあります。私たちのことを去勢せよという意見があります。重度障害者が子供を育てることなんてできないし悪い血を残すな、遺伝するといった意見です。私はそれも分かります。この社会は健常者だけでいいのではないでしょうか。なんで私たちのような障害者が生きていていいのでしょうか。やっぱり取り除く必要があります。

でも私たちだって恋をします。それは非常にいびつな恋でしょうが。私は施設に入れられる前の特別学級の時に、ある健常者の美しい娘に恋をしました。私は彼女が動いたり話したり笑ったりしているのを見ているだけでよかったのです。それだけでとても幸せでした。それなのにある日、校舎の渡り廊下ですれ違った時のことです。私は向こうから近づいてくる彼女の方を見て顔を引きつらせ、死に際の鶏のような声を出して恋の告白をしてしまったのです。彼女は驚き悲鳴を上げて私をカバンで振り払いました。私は当然ひっくり返り、頭から地面に叩きつけられました。額が割れて血が流れ、そのまま何時間も倒れたままでした。視界の隅に何人もの人が通りすぎるのを見ました。

私が発見されたのは翌日の朝のことです。特別学級の先生が通りかかり抱き上げられ、保健室のベッドに寝かされました。私は何か所も骨折していました。だから動くことができなかったのです。それが私の初恋の顛末です。馬鹿でしょう、笑ってください。泣いてくれとは言いません。これが私の運命だからです。宿命と言った方がいいでしょうか。あの美しい娘に近寄ってはいけなかったのです。住む世界の違う異次元の人です。私が死に損なったのは当然です。それでも私は悲しかったです。ひいひい泣きました。

彼女を責めたくはありません。彼女は天使でした。幸せな時を過ごさせてもらいました。それこそ魂の歓喜のような時間でした。でも私は彼女にとってはただの物体だったのです。嫌われることさえありませんでした。私はそして悟りました。恋をしてはいけないんだと。恋をすることは全ての人にとって罪深いことなんだと。私は彼女を怖がらせただけでした。私はそれから恋を封印しています。生涯に一度きりの恋でした。

私たちの施設で、目が中央に一つだけしかない重度障害者の男性と両手両足のない知的障害の女性がカップルになったことがあります。彼らは近づくと盛りのついた猫のような声を出して求愛します。周囲は引き離すのに必死でした。でもなぜ引き離さなければいけなかったんでしょう。一度、職員が目を離したすきに男が女の上に重なっていました。職員はすぐに引きはがし、男を殴りました。女はその時裸でした。周りの人はもし子供ができたら、この世にない化け物が生まれるんじゃないかと思ったのかもしれません。男は直ちに別の施設に移されました。風の便りでは何らかの理由で死亡したということです。

私はこう見えて非常に短気で気難しく、絶えずイライラしています。そして人を殺したいという願望から離れることができません。この「やすらぎの苑」に火を点けて皆殺しにしてしまいたいという衝動から逃れることができません。神の次に偉い職員も他の重度障害者も含めて焼き殺したいと思っています。

職員に殴られ蹴られたりしても何も抵抗できないのですが、彼らに対する憎悪は死ぬほど膨れ上がっていきます。私は火という自然の大いなる力を借りて彼らを殺したいと思っています。私の周りから人がいなくなるというのは、どんなに素晴らしいことなんでしょう。憎悪する人もそうでない人も私は消滅させたい。私は自分以外の存在が嫌で嫌でたまりません。それらがふっと消えたら、私の苦悩の大部分はなくなるでしょう。本当は「やすらぎの苑」だけでなく他の健常者たちの住む都会にも火を点けて全焼させたいのです。でもそれは叶わぬ夢です。これほどの放火犯は死刑でしょう。

死にたくないと言いましたが、私は死ぬことなど少しも怖くありません。重度の障害を負ったまま生きながらえることの方がよっぽどつらいです。私は人が憎い、全ての人が憎い、私は傷つきやすいので心の中はズタズタです。記憶を消したい。そのためにはどうしたらいいのか。他者を殺すか自分を殺すしかないのです。

私に責任があるでしょうか。責任能力があるでしょうか。あるわけありません。私を産んだ親こそ処刑すべきです。彼らには正常な子を産む能力がなかった。糾弾されるべきは私の親です。私には弟がいます。彼は健常者です。なぜ彼は健常者で私は重度障害者なのでしょう。親は産み分けをしたのです。私はもともと中絶されるべき存在だったんでしょう。それなのに時機を逸してしまったから産んだ。そうしたら私のような化け物が出現してしまったのです。私は心身両面において化け物です。よくぞ産んでくださった。でも生まれない方がよかったのです。しかしそれは私の自由になることではありませんでした。でも今の私は他のことよりも自分だけを責めています。

自分のような存在が生まれてしまったのはひとえに自分自身の責任によるものです。誰も責めません。生きながらえてどうもすみません。

自殺する勇気は私のような弱虫にはなかなか持てないものです。健常者は自殺する勇気がある。年間二万人でしょう。でも重度障害者は自殺しません。考えもしません。健常者の一部が私たちのことを死んだ方がいいと言っているのは知っています。莫大な税金の無駄遣いだと言っているのも知っています。では殺してください。そうすれば私たちをこの世から削除することができます。

私がこの「やすらぎの苑」に火を点けるのではなく健常者が放火してください。私のはただの妄想に過ぎないのですが健常者は実際に行動できるでしょう。実行してください。猛火で焼かれるということが理解できる障害者はいません。身動きできないうちに「熱い、痛い」という感覚のみで死んでいきます。中には「苦しい」と感じる人もいると思いますが、それすら感じることのできない障害者が大半を占めています。私はというと重度障害者をやっと殺してくれたと感謝の意を表します。そして自分のことは「死にたくない」と思って苦しむでしょう。さっき言ったことと矛盾しますが、虫が潰されるのを嫌がるように私も焼かれたくないです。最後まで抵抗するでしょう。でもどうせ全ての人間は、最後は焼かれるのです。

施設の中の人間関係は複雑です。重度の障害者にも感情があります。だから嫌われないようにいじめられないように生活するので精一杯です。

常に周りを統制していて正義の味方と勘違いしている古株の障害者がいます。この男には困ったものです。何か揉め事があるとすぐに顔を突っ込んで、お前はみんなから嫌われている、態度が悪い、俺の言うことに従えというのが口癖のどうしようもない愚か者です。この男こそ周りから嫌われているのですが、それに全く気づかない鈍感力の持ち主です。

私も入居者と揉め事があった時にお前が悪い、手をついて謝れと言われました。その相手に謝るのではなく俺に謝れ、土下座しろと言われました。私のような神経質で気弱な人間でもいつか殺してやろうと思ってしまいます。何とか手段はないのかと考えているのですが本当に殺してしまったら私の立場が危うくなる。ばらばらに切り刻んで沼地にでも捨てたら気が晴れるのでしょうがね。

他にも一日中金切り声を上げている女性入居者がいて職員が触れようとするとものすごい剣幕で怒りだします。私は声や音に人並み外れて敏感なので毎日悩まされて絞め殺したくなります。喉を掻っ切って首と胴体を分離したいと思うことがあります。あの女は首だけになっても金切り声を上げるでしょうか。

あと、私は手足が不自由なので廊下で他の入居者とすれ違う時、かなりの確率で義足を蹴られ倒されます。彼らはけらけらと笑って通りすぎます。私にはどうすることもできません。生きづらさは一般社会にも、この小さな空間にも同様にあります。思えば私は物心ついて以来、いつもいじめられ泣かされてきました。

私は人間の本質は悪だと思っています。悪を抑えるために法律があると思います。罰しなければ人間は人殺しを止めないでしょう。だから、自分は正義だと思ってみんなを救っている気になっているあの男は救いがたい愚か者です。人類が誕生してから、それこそ無数の人間が殺されてきました。人類は殺すのが大好きな動物です。現代にいたるまで人殺しは後を絶ちませんし、他の動物の肉を好んで食べます。家畜と称して動物を殺して食う権利など人間にはありません。人間ほど残酷な生き物はいません。快楽のために殺傷をする動物などいません。人間は快楽のためならどんなことでもします。快楽こそが人間の全ての行為の原因です。人間の現実の生活は快楽と鬱屈した絶望に引き裂かれています。その両極端のせめぎあいの中で人間は生きてきました。その苦悩こそが人間を進化させ退化させてきました。その象徴こそが核であり核兵器です。そして快楽の絶頂のためなら核ミサイルのボタンさえ押すのが人間です。他人はいくら死んでもいいのです。自分さえ生き残れれば。全てが滅んで自分だけになった世界が見たくて仕方がないのです。人間は自己中心的な妄想の塊です。世界中にあらゆる正義が乱立して殺し合いをしています。私のちっぽけな殺意など比べものにならない悪意に満ちた殺意が地球上に蔓延しています。人間の殺意は底なしの沼です。私のような取るに足らない一障害者が偉そうなことを言ってしまいました。健常者は私の哀れな繰り言など一笑に付すでしょう。健常者は偉くて賢いのです。

私は死んだらどこにいくのでしょう。そもそも意識は死んだ後に残るのでしょうか。肉体は朽ち果て骨になるのは知っています。意識は物質に依存するのでしょうか。それなら物質である脳が壊れれば意識もなくなります。つまり私の全てが無になるわけですね。しかし物質である脳からなぜ意識が生じるのかが分かりません。この宇宙は必然的に意識を生み出すように設計されているのでしょうか。その謎は健常者なら知っているわけですね。私のように頭の弱い人間には分かりません。

子供を残せば自分は引き継がれるのでしょうか。私は子供を残すことはありませんから全くの無になるわけですね。何の痕跡も残せませんが私は残す必要もないと思っています。なぜなら死んだら私にとっては日本も世界も地球も宇宙も全てが消え去るからです。死んだ後にはそれらは無意味です。それは誰にとっても同じです。子供を残したとしても自分が受け継がれるなんて幻想です。人は孤独に生まれ孤独に死に、全くの無になるのです。

私の小さな部屋には六人分のベッドがぎゅうぎゅうに詰め込まれています。みんな重度の障害者です。身体障害と精神障害を同時に持っている重複障害者は多いです。中には三十年以上入所し続けている人もいます。彼は重い知的障害と精神病にかかっています。だいたいにおいて知的障害と精神障害は重なっています。彼は一日中寝たきりで「あう、あう」と呻く以外何もできません。はたから見たら彼の生きる余地も理由もこの世には全くありません。その腐りかけた脳には何ら思考らしきものもないでしょう。しかし彼の頭の中では特有の世界があるかもしれません。それはあるいは豊かなものかもしれません。でも彼以外誰も知ることができないことです。あえてそれを知りたい人間など、この世に誰もいないでしょう。他にも両手両足がなく達磨のような男がいます。でもひっくり返ったら達磨のように起き上がることはできません。私は彼に話しかけたことがあります。

「毎日何もすることがなくて退屈しないかい？」

「……君も同じだね……」

「外に出たいって思うことはある？」

「ないね。施設の中も外も同じだ。陸続きなんだよ。健常者もいつここに入ってくるかもしれない。それほど人間は脆いのだよ。私がここから出る時はないけどね」

「死について考えたことはある？」

「ないね。死んだらもう自分はいないから。生について考えることもないね。息を吸って吐いているだけが僕の生活だから。僕は死ぬまでこれを続ける。それが僕の役目だから」

「役目ってなに？」

「僕を産んだ親に生きていることで復讐するのさ。五体満足に産まなかった親にさ」

「でも親だって、そのように産みたくて産んだわけじゃないだろう」

「僕のような重度の障害者は生まれるべきじゃなかったんだ。親は出生前診断で障害児が生まれることは分かったはずだ。それなのになぜ受けなかった？　子供を産むことを安易に考えているんだよ。妊娠は神聖なことじゃないさ。性行為をすれば子供ができる確率があるんだからね。親の性欲が僕のような悲惨な子供を産んだのさ。性欲って恐ろしいね。穢れだよ。生まれたら病院任せで、死なないで育ったら施設任せだからね。僕は親の顔さえ知らない。親は会う気はないのさ。記憶から消しているだろうね。それの方が幸せさ。どちらにとってもね」

「僕は特別学級でしばらく外の世界にいた。僕も幸せだったことはない。それこそいろんな人がいたが他人はみな自分勝手だった。みんな、他人を蹴落として貶めるのに必死だった。僕は単純に障害者として区別された。それも当然だけどね。この体ではね。他人は僕の存在にイラついた。なんでイラつくんだろうね、無視すればいいのに。健常者も軽い障害者も、僕のような重度障害者がいることが不快なのさ。不快だからいじめられる。僕がよろよろと歩いていると足を蹴るのが礼儀みたいにね。無様に倒れた僕に唾を吐いて『消えろ、死ね』なんて言う人はざらさ。綺麗な女性たちは僕のことを無視したよ、見えないかのようにね。彼女らの世界には僕のような障害者ははなから存在しないからね。彼女らはとことんイメージで生きている。実体なんか見えないんだ。見る気もさらさらないしね。おぞましい存在なんだよ、僕らは」

「僕はね、さっき生や死について考えないって言ったけど、それは半分嘘さ。ただ息を吐いて吸ったりするだけの存在に見えるけど瞑想しているんだよ。この宇宙がなぜ始まったかを瞑想している。原初の物質から生命が生まれ、人間の意識が目覚めるまでをね。僕はね、最初は永遠の無が支配していたんだと思っている。それが何らかの理由で科学者が言うところのビッグバンが起きて存在が生まれたのだ。ビッグバンは眉唾もので言い訳に過ぎないと思っているけれど、何かが起こった。そして人間まで生まれるようになった。それが必然なのか偶然なのか神以外分からない。しかし神は死んだことになっている。僕らのような障害者はすぐに殺されただろうけど現代ではとりあえず生かすことになった。重度障害者は自殺しないだろうと思われているけど自殺する者もいる。自我が正常にあったからだ。重度障害者の大半は自我が崩壊している。自我と呼べるものもないかもしれない。だが正常な者は自分を殺す。自分の存在が耐えがたいからだ。自分の無様さを、滑稽さをとことん認識している者は自殺する。僕はどうか。舌を噛み切ろうと思えば噛み切れる。なぜしないか。僕は考えたいからだ。この世が生まれた理由を、人間という生物とその社会を、それが行き着く未来を。僕は考えるためだけに存在している」

私は彼の目を見ました。そして達磨のような体を見ました。人間の尊厳は考えることにあると言った哲学者のことを思い出しました。彼のような障害者の思考とは、甲斐のない思考のための思考となってしまうかもしれません。それでもそれ以上、他に何ができるでしょう。ただ存在するために存在すればいいのです。

部屋を出ると障害者の集う憩いの場所のような広間があります。動ける者はそこで時間を過ごしています。本もテレビもあります。テレビの中の世界はここことは別世界に見えます。障害者がＣＭに出ることはありません。綺麗な人たちが夢のように生きています。そこでは全てが華やかで生き生きとしています。私たちの入る隙間などありません。彼らは社会の最上層にいて私たちは最下層にいます。同じ人間なのにどうしてこうも違うのでしょう。私たちはどんな過ちをしたから底辺を這いずりまくっているのでしょう。私たちはナメクジ以下です。社会への害悪をばらまいているどうしようもない存在です。

やはり「やすらぎの苑」に火を点けた方がいいのでしょうか。全てを燃やし、私たちがいなかったことにすればいいのでしょうか。それが社会にとっても私たちにとっても幸せなことかもしれません。死など一瞬です。苦しむ間もなく、あの世に行けます。

あの世などないと言いましたね。死んだら無だと。でも私は密かに、もしかしたらあの世があるんじゃないかと思います。そうでなければ私たちのこの世の悲惨さと釣り合いが取れないじゃありませんか。あの世では私たちは不自由な身から離れて自由に大空を飛べるのです。そこでは全ての生き物が平等で食い食われることのない平和な世界が広がっています。そこは神の住む世界かもしれません。いいえ、私たちが神になるのです。本来の姿に戻るのです。

職員がうろうろと歩きまわっています。私たちを罰するために目を光らせています。あの刃物をちらつかせる職員は飯田といいます。非常に多くの職員が私たちに敵意を持っていますが、彼は別格です。その嫌悪に満ちた私たちを見る目は、私たちの心身と同様異常です。でも彼の視線は私たちを突き抜けて焦点が合っていないようにも見えます。その目に本当に私たちは映っているのでしょうか。彼の障害者に対する虐待は日常茶飯事です。酷薄な表情を浮かべながら頭やら顔やら胸を殴っていきます。でも誰も彼を注意しない。それどころか彼はリーダー格でもあります。何か恐ろしいことが起きるのではないかと思っていますが、それは私のただの妄想でしょうか。

2　飯田

社会に病原菌のように蔓延する重複障害者を何とかしなくてはならない。彼らは我々健常者を汚染し滅ぼしていくだろう。

それにしてもなぜこの私が彼らの面倒を見なければならぬ羽目に陥ってしまったのだ。どこから私の人生は間違ったのか。私は六流大学を中退した。その大学名を知っている人はほとんどいない。だから誰から聞かれても別の有名大学を卒業したと言っている。だけど施設側には正確な大学名を知らせなければならない。履歴書を見る担当者は大抵侮蔑した視線を私に送る。それでも人手不足から、そして比較的若いから入所することはできた。

だが私の毎日は地獄である。話もできない、呻くことしかできない重複障害者を相手にするのは苦痛以外の何ものでもない。しかし何より苦しいのは、自分がこうした社会の汚辱の暗部にはまってしまったという現実である。そこから抜け出せない自分自身に絶望している。そのストレスは入所者をいくら殴っても解消されない。彼らは殴られても蹴られてもへらへらしている。痛みを感じる神経がどうにかなってしまっているのだろうか。しかし私もその点では同様である。彼らを虐待しても何とも思わない。最近では虐待する喜びすら感じなくなっている。

私はこいつらを相手にするような人間ではない。特別に優秀な人間なのである。中学までは東大を目指せるような成績だった。しかし進学校に入ってからは頭の中に黒い霧がかかり、勉強どころではなくなってしまった。その黒い霧の正体を調べるため幾つもの精神科にかかった。だがどの医者も曖昧な診断しかしない。うつ病、統合失調症、自律神経失調症、破瓜病、痴呆症などなど、そして大量の薬を出した。私はその極度の副作用で起き上がることもできなくなった。それでもだ、私は大変な努力の上、高校を卒業したのだ。これは留年者を出したくないという学校側の方針もあって初めて可能なことだった。成績は断トツの最下位であったが点数があるだけましである。最低限の日数を通い、何とか卒業したのである。六流大学は、高校を卒業した者なら誰でも受け入れた。しかし大学に入った時点で力尽きた。黒い霧が晴れることはついに一度もなく、意識朦朧とした不毛な日々を送った。だが一念発起してふらふらした体をようやく起こして「やすらぎの苑」の面接に行ったのだ。担当者は舐めるように私の顔を見ながら軽蔑した態度で臨み、それでは後日通知すると言った。そして私は合格した。六流大学と同じだ。どんなぼんくらでも受け入れる。

だが私はそれから全ての薬を絶ち、ようやくまともに動けるようになったのだ。頭の中の黒い霧は少しずつ晴れていった。私は安易に大量の薬を処方した精神科医を憎んだ。やつらがいなければ私はこんな恥辱の職場で働かなくても済んだのだ。私は東大へ行くべき人間だった。私は負け犬じゃない。いつかここから抜け出してみせる。

私は初めて勤務した時、これほどまでの重複障害者がひとところに集まっていることに驚いた。家族が責任を放棄し投げ出したから密集する結果になったのだ。私は最初、気味悪いものを扱うように彼らに接した。実際、気持ち悪かった。誰一人、五体満足なものがいなかった。彼らのほとんどが呻きながら一日を呆然と送っている。それでも食べるものは食べる。救いのない人生を永らえるために。この「私」が彼らに奉仕し人生を消耗させなければならないのか。誰よりも優秀なこの私が。とんでもないと思ったが、当面ここで働かなくてはならなかったのも現実だった。ドツボにはまったと思った。

仕事には大変なストレスがかかるが、入所者を殴ると一時的に解消される。同僚もみんな暴力をふるって虐待しているし、虐待される側も何も分からないで、へらへらと泣いているんだか笑っているんだかしているから誰も困らないで平和だ。そうこうしているうちに私はリーダー格となり誰にも文句を言わせなくなった。新しく入ってくる新人が実態を暴こうとすると袋叩きにして追い払った。だが虐待は半ば黙認状態だった。私ははずみで入所者を殺したことがある。殴ったら打ちどころが悪かったせいか、その夜のうちに死んだ。死ぬ方が悪い。それは例外としても、それに近いことは日常茶飯事だった。

性的欲求は風俗で晴らした。吉原は行きつけだった。生でやれるところしか行かなかった。ソープ嬢は私には天使に見える。彼女たちは次から次へと押し寄せる飢えた客に丁寧に応対する。金のためとはいえ体を売るのはなかなかできないことだ。表面上、どんな客でも軽蔑したりしない。部屋に入ると即座にキスをしてズボンを脱がせ、フェラチオをする。どんなに臭いペニスであっても嫌な顔一つしない。完璧に恋人になりきって演技する。そして大きく足を開き、性器を広げてペニスを挿入させる。客は日常の嫌なことを全て忘れ、鬱屈した精液を膣内に放出する。これほど聖なる仕事が他にあろうか。射精し、すっきりとした客はまた日常に戻っていく。

私は勃起したペニスを子宮口にまで打ち付ける。どんなに激しく打ち付けても膣の内部はびくともしない。変幻自在に変化しペニスを優しく包み込んでいく。私はこの時、女性の偉大さを感じる。

だが日常目にする澄ましたＯＬや女学生などは私に一瞥もすまい。彼女たちには私はいないのと同じなのだ。私は彼女たちを暴行しようなどとは思わない。それほど馬鹿ではない。刑務所にぶち込まれるようなことはしない。私は何よりも自由を愛している。自由を失うことだけは避けたい。女を暴行しても一時の快楽を得るだけでペニスがすぼめば快楽もすぼむ。万が一殺してしまったら一生自由が奪われる。殺しても大した快感もないのは所内で既に経験している。人は打ちどころが悪ければ、どんな健康な人間でも死ぬ。それほど人間は弱いのだ。

私はこの世の王になろうとしている。限りなく神に近い王だ。誰もが私にひれふす。絶大な権力でこの世を永遠に支配するだろう。私の名はこの世に永遠に刻まれ畏敬と尊敬の対象となるだろう。この「やすらぎの苑」を暴力で統治するだけの人間ではない。この無残な苑で一生を棒に振る人間ではない。

一方で私には夢想家としての相反する一面がある。私はあらゆる不幸のない理想の楽園を築くだろう。そこには病がなく死がなく永遠に年を取らない青年の男女しか存在していない。少年少女は青年になった時点で成長は止まり、老化しない。そこには花が咲き乱れ、青年たちは永遠の愛を誓う。男女ともに美しく、醜いものは存在しない。ただ愛のみによって出現した奇跡の世界……。

だが当面、この恐ろしく退屈な業務をこなさなければならない。現実が私を打ちのめす。夜、夢を見ている時の私は天空にまで舞い上がるのだが、朝、目覚めると地面に叩きつけられて絶望する。この過酷な現実を私は生きなければならない。私に救いはあるのだろうか。

生かさず殺さず餌をやり続けなければならない。彼らはこの世に必要のない人間だろう。それは誰もが分かっているが誰も手を下さない。それは彼らを人間だと認定しているからだ。しかし私はそうは思わない。彼らの実情を知らなすぎる。一日中呻いて寝たきりの異形の重複障害者は、彼ら自身にとっても社会にとっても不幸しかもたらさない。彼らは存在自体が不幸なのだ。不幸を取り除いてやるのが私の使命ではないか。私ならそれができる。やるかやらないかではなく、いつやるかである。

だが何十人も殺すと死刑になるというのが問題である。なぜ彼らのために私が死ななければならないのだ。その点をクリアしなければならない。私が死ぬことで重複障害者を世間が認知すれば、その甲斐はあるのか？　この「やすらぎの苑」の不幸を知らしめれば私の死は報われるのか？　実行するにしてもそれだけの対価を得られるかが問題だ。私が死ぬ以外の選択はないか。よく検討する余地がある。

「やすらぎの苑」を放火し全焼させるのもいいが、それでは何も解決しない。私自身が手を下し実態を拡散させる必要がある。その使命感がある。「やすらぎの苑」の統治者として内閣総理大臣に親書を渡す。この凝縮した不幸に終止符を打つことを願う。重複障害者を出生前診断で徹底的に排除し、この世に生み出さないことが大事だ。難病の中にはこの診断に引っかからないものもある。万が一出生してしまった場合、即座に処置することを合法化する必要がある。そうすれば、この世の不幸を少しは取り除くことができるのではないか。

この世はそれ以外にもあらゆる不幸で満ちている。生老病死は言うまでもない。生まれること自体が苦しみで、老いて病気にかかり死んでいくのは避けられぬ運命だ。

それならもともと人間など初めから生まれなければいいではないか。子供を生まなければいいではないか。だが悪魔のような性欲がそれを阻む。それに抗える人間などいない。だからいつまでたってもこの世は滅びない。私がこの世を滅ぼしてやろうか。私一人では手に負えない。政府上層部にまで協力者を増やし、やがては米国の核ミサイルを世界中に向けて発射させるのだ。そうすれば各国で連射式に発射された核ミサイルでこの世は滅びる。それは分かっている。あるいは生物兵器で病原菌をばらまき、世界中を汚染し死に至らしめる。それはいつか可能な日がやってくる。

私が首謀者であり救世主だ。目的はこの世の死だ。まずこの「やすらぎの苑」を死者で埋め尽くそう。私は捕まることはない。決して死ぬことはなく生き延びる。そしていつの日か世界を破滅させよう。……だが私はその時まで待てない。他に救世主が現れてもいい。もう衝動が抑えきれなくなっているのだ。壮大な未来のことまで考えられなくなっているのも事実だ。もう後先考えず実行してしまいそうになる自分がいる。それほどここでの毎日の生活は私の心をすり減らして疲弊させ、凶暴にする。未来の栄光を取るか現在の屈辱と苦しみを晴らすか。それが問題だ。私は孤独のうちに実行するだろう。もう目の前まで迫っている。

私は今日も施設の内部を巡回する。重複障害者の幸福と不幸を願う。彼らのあらかじめ切断された手足が生えることはない。彼らは手足を生まれる前の世界に置いてきたのだろう。呻くしかない重度の知的障害が回復することは決してない。彼らの世界は薄ぼんやりとした闇の中に沈んでいる。そこに光が差すことは決してない。彼らは何も分からないまま死んでいくのだ。痛みを感じる間もないうちに。彼らは今日も海の中のタツノオトシゴのように揺らめいている。私は蹴る。すると彼らは海底に沈む。

私は同僚の高橋に声をかけた。

「おい、異臭が強いぞ。糞尿が漏れているからおしめを頻繁に変えろ。あいつらは喰った以上に糞をするからな。食べ物はあいつらの中を素通りし糞便化する。何の甲斐もないわな。それでも生かしておけ。偶発的な死はいいが、あからさまな死はまずいからな。暴れたら殴っていい。痛みの感覚はまだあるみたいだからな。秩序が大切だ。静かで平穏な『やすらぎの苑』を維持するためにな」

「こいつら糞尿マシンですよね。でも人間って結局最後はこうなるんですよね。本当に始末に負えない生き物だ。死に損ないの老人と障害者は似ていますよね。明日は我が身ってやつですかね」

「俺は年なんか取らない。その前に死ぬ覚悟はできている。覚悟がない者が年取るんだ。糞尿垂れ流してまで生きていたくない」

「リーダーはそう言うけど、みんなそんなに強くないですからね。どんなに惨めになっても生きていたいのが人間じゃないですか。百歳になっても明日の心配をするらしいですからね。その日の命すら分からないのに」

「それは誰だって同じだよ。若かろうが年寄りだろうが、いつ心臓が止まっても不思議はない。そんな綱渡りを人間はしているんだよ。自覚もないままにね。若いうちは未来を考えがちだがね、未来なんて曖昧なものはないんだよ。この障害者たちのようにね」

高橋はまだ若い職員だった。入所してから三年もたたない。彼はこの「やすらぎの苑」での生活がそれほど苦痛ではないようだ。憎まれ口を叩きながらも淡々と仕事をこなしていく。こうした福祉の仕事には向き不向きがあるのだろう。私が向いていないのは明らかだ。私のように神経質で始終イライラして、胃をキリキリと痛めつけている人間には向かない。奉仕の精神が全くない人間のいるところではない。奉仕どころではない。私は殺害しようとしているのだ。高橋のように比較的ましな職員は稀だが、やがてここのやり方に染まっていくのだろう。あとの者はだいたい粗暴で、残虐的な扱いをしている。殴られたり蹴られたりして骨折した障害者は放置されている。彼らは始終呻いているので、その違いが分からない。

他にも佐藤という五十代の職員がいる。彼も粗暴で狂人すれすれの人間だ。彼はライターで重複障害者の髪や皮膚に火を点けて回っている。さすがの障害者も暴れ回る。

すると喜んで首を絞める。彼には障害者が苦しんでのたうち回るのがこの上なく快感なのだ。彼は残忍で粘着質な性格だが、最も彼の個性を際立たせているのがその独特な思想だ。それは思想と言えるのかどうか疑問だが、彼は自分が死んだらこの世は消滅すると思っている。彼こそ自分は神だと思っている人間だ。彼は神の眼で下界を見ている。彼から見れば、この世はいっとき存在を許された架空の世である。彼は自分が永遠の存在だと思っている。それでも自分の老いを認めないではいられないようだ。髪はもう禿げ上がり、頬はブルドックのように弛み、腹は大きく膨らんでいる。だから自分の死を認めざるを得ないが、それと同時にこの世は消滅すると思っている。神が死ねばこの世は消えるというのが彼にとって自明の理のようだ。しかし私から見れば彼のように冴えない豚のような男が死んでも何も変わらないとしか思えない。彼にはそれが分からない。過度な自己愛が彼を神に祭り上げてしまった。自己愛的偏執狂以外の何ものでもない。この「やすらぎの苑」には彼のような変人がうようよしている。もちろんこの私を含めてだが。

他にも、さすがに今は退職したが障害者に性的暴行を繰り返した男がいる。彼は寝静まった夜に部屋に忍び込んで片っ端から暴行した。彼にとって障害者は性の玩具であった。男は性質上、精液が三日で一杯になる。普通の人は自分で処理するのだが、彼は膣の中に出さないではいられなかった。だから障害者が妊娠することになるのだが、相手は分からずじまいで堕胎させられた。こうしたことは施設側にとっては取るに足らない出来事だったようだ。それほどこの苑は腐りきっていた。苑長は金儲けしか頭になく政治家とつながり、あらゆる補助金を不正に受け取っていた。障害者の肉親からも継続してお金を受け取り、少しでも途絶えると「退所させて送りつける」と脅した。肉親は怯え、年老いた親たちの中には自殺した者もいるようである。

他にもこの世の全てが憎くてたまらない職員がいる。その男は菊池と言った。顔にひどい障害を持ち、生まれて間もない頃、冬の真夜中の寒風吹きすさぶ日に病院の前に置き去りにされた。奇跡的に命はとりとめたが長じてヒトラー的思想にかぶれるようになり、この世の全てを滅ぼすことを夢見るようになった。とりわけ自分を捨てた親を捜し出し、八つ裂きにすることを強烈に願うようになった。親を捜し出すことは不可能に思われたが、その願望が彼の生きる糧になっているようだった。父親より母親を憎悪した。男とは精子をばらまく存在でしかなく、父性などというものは元よりあり得ないと思っていた。母親はまぎれもなく自分を産んだ存在であり、それが我が子を捨てるなどという行動に至ったことを絶対に許せないと思った。それが彼の狂的な女性嫌悪につながることになった。彼は妊婦を見ると腹を切り裂きたい衝動を抑えるのに必死だった。その膨れた腹は淫乱の象徴のように見えた。

彼の屈折し切った思想によると、女は男なら誰彼かまわず受け入れ、享楽の絶頂のうちに妊娠する。妊娠した女はまず堕胎することを考える。産むことも育てることも女には想定外のことなのだ。そして殺すか捨てることを考える。それができない時、初めて育てようという気になる。彼の母親は捨てることを選んだ。

長じた彼はその奇形が災いしてか、人生の節目節目に女に裏切られた。怖いもの見たさに興味本位で近づく女もいたらしい。女たちは結局彼にこの世のものとは思えない罵声を浴びせ暴力をふるった。彼は回復できない痛手を負い、精神を病み、人生を棒に振ることになった。彼の女性憎悪はさらに膨れ上がり、その殺害衝動を抑えるのは不可能のように見える。それは人間社会全体にまで広がり、この世を滅ぼすこと以外何も考えられないようだ。

　他にも宗教家と称する者がいる。彼は朝昼夕太陽に向かって頭をたれ、懺悔と感謝をしている。そして自分は太陽神の具現者だと思っている。それでいてあらゆる物事をいちいち神に対してお伺いを立ててからでなければ何もやらない。太陽は気まぐれで、その日によって彼にさまざまな要求を課すようだ。彼は雨の日には体調を崩して寝込む。上司が何を言っても動かない。それどころかぶつぶつとお祈りをしている。太陽神なんてエジプトの話かと言って、みんな呆れている。しかし彼の信者はぽつぽつと増え始めている。

『太陽こそが私たちの源であり命を与えてくれた神そのものである。私たちの細胞一つ一つまで太陽の光は届き、養ってくれている。その時私たちの力はみなぎり、愛されているのを感じる。私たちは神の栄光と愛を讃えるために、そしてそれが永遠に続くように生贄を捧げる必要がある』。

生贄は最初の頃はウサギだった。だがだんだんにエスカレートして山羊の次には障害者がなるんではないかと噂されている。彼らは晴れの日には躍動感にあふれて働くが、いったん太陽が陰って雨が降りだすと途端に元気がなくなり、その場で倒れ込み、お祈りを繰り返す。彼が信者を増やす方法は決まっている。

「よく考えてみよ。太陽がなければ私たちは生まれなかった。こうして生きていられるのも全て太陽のおかげだ。太陽が東から上がり西へ沈むように、私たちは太陽と共に目覚め、生きて働き、眠りにつく。太陽が泣いた日は私たちも共に悲しむ。太陽神の具現者である私は天球の中心にあり、私に仕えるものは永遠の命を得るだろう」。

科学以前の問題で、天動説と地動説がごっちゃまぜになっているようだ。だが大抵の宗教はそんなものだ。信じさえすれば日頃の苦しみから逃れられる、逃れるためだったらどんな不法行為だってやる。全てを委ねてしまえば自分を正当化できる。何よりも人間が苦しいのが「自分が生きる必要のない人間」だと感じることだからだ。彼らはまだまだ平和な方だ。だが、こうしたことがオウムへの切っ掛けとなることもある。根底は似たようなものから始まる。

去年、一部の職員が急先鋒化し自らの思想が受け入れられないからと言って苑長室で自決したことがあった。その事件の首謀者は苑の改革を目指し、障害者への虐待を止めることと経営の透明化を主張した。障害者こそ神の子であり敬われるべきだとした。障害は神の意思の顕れであるとした。苑側はそれを認めなかった。すると彼らは苑の実体をマスコミにばらまくとした。苑側は彼らを密室に閉じ込め、飲食を与えず暴行を働いた。彼らの最終的な目標は苑の解体だったが、叶えられるはずもなく首謀者が苑長室で自殺した。

障害者が神の子であるはずがない。呪われたからこそあんな姿になったのだ。その呪いは末代まで祟っている。首謀者は磔(はりつけ)にすべきだった。苑を崩壊させようとした重罪者として罰せられ、火刑に処せられるべきだった。自殺などさせてはならなかった。

自殺はある意味この世からの救いだからだ。

私に救いはないだろうか。私は懲罰を好む人間で、その対象は自らに対してではなく、必ず他者や世界に向かう。その存在自体を罪として罰しようとしている。

私はこの世の全ての存在に吐き気がしている。存在が許されているものは何一つない。私は私以外の全ての消滅を願う。永遠の虚無の世界でのみ私はやすらぐ。だから存在に満ち満ちたこの世界が苦痛でならない。だから殺したい衝動を抑えることはできない。この世界が滅びるためにならどんなことでもする。

過去の記憶が私を苛む。その記憶を消すためには世界の消滅が必要だ。何もない宇宙空間でただ一人漂っていたい。私は虚無を見つめ真理に覚醒するだろう。だが現実にはそれは叶わぬ夢である。私は取るに足らない無力な人間である。それが私を苛立たせる。生きている限り、この苦悩から逃れることはできない。だが自殺しようとは思わない。死ぬのは他者であり、この世界だ。菊池もこの世の破滅を望んでいる。彼は女性への憎悪からであり、私は存在への嫌悪からである。彼や私のような人間が実社会で犯罪を起こさなかったのは奇跡である。犯罪は割に合わないものである。法律は私たちをがんじがらめに縛っている。だが苑内は法律の通じない無法地帯である。私はここでのみ呼吸をすることができる。菊池のような愚か者も、ここでは自分を解放することができる。苑内には健常者である職員と重度の障害者しかいない。この密閉された空間でのみ私たちは生きられる。私たちは互いに依存し合っている。障害者に対しては生かさず殺さずの姿勢で臨んでいる。私たちはこの苑を離れたら無力である。障害者は次々に死ぬだろう。私や菊池も外界に埋没してしまうだろう。しかし他者は無数にいるが、私は唯一無二の存在である。

私は全ての人間を殺してこの世の神になりたい。その願望を抑えることはできない。オウムの革命は失敗に終わった。首謀者たちは死刑に処せられた。国家転覆が叶わない革命など革命とは呼べない。彼らはいろいろな点で失敗を重ねた。純度の高いサリンを作り出すことができなかったのも第一の原因だが、最も愚かだったのはサリンを撒いたのにもかかわらず、その場から逃れ、自らは助かろうとしたからだ。自爆の決意がない者はテロを犯す権利がない。自らの命を差し出し、数百人を殺害するのがテロの本道だ。私はテロが失敗した最大の原因はあらゆる面で徹底さを欠いたことにあると考える。首謀者が組織を完全に把握していたとは考えられない。細部における緩みが革命を中途半端に終わらせた。濃厚なサリンを作り出すことに成功し、勇猛な戦闘員がいて、明晰な頭脳を持つ指揮官がいれば違った形になったかもしれない。彼らはそうではなかったから自滅し死刑に処せられたのだ。彼らは結局革命家の名に値しなかったのだ。ただの狂信的な宗教集団に終わってしまった。

障害者施設の一職員に過ぎない私には革命など起こすことはできない。だが大量殺人はできる可能性がある。しかし死刑になることは納得いかない。先のない高齢者や重度障害者を殺して何が悪いんだ？　私に感謝する保護者もいるだろう。私は彼らの殺意を代弁してやっているだけだ。褒められこそすれ非難されるべきことではない。この苑は殺意と責任放棄から建てられたのだ。

菊池が向こうから廊下を歩いてきた。その醜い奇形の顔からは何の表情も窺うことはできない。彼はヒトラーにかぶれていた。テレビなどでヒトラーの演説を聞いたりすると意味も分からず興奮した。ナチスのような組織を作ることに憧れていた。彼はナチスが障害者を何十万人、ユダヤ人を何百万人殺害したことを称賛していた。彼は悪臭漂う穢れた便器に産み落とされて、真冬の深夜に放置され死にかけた過去がある。だから自分には何をしても許されるという全能感がある。徹底的に否定された彼は、逆に外界を徹底的に否定する。自分以外の全ての人たちに憎悪を持っている。凍える世界に殺されかけた彼は、全ての人を殺して復讐しないではいられない。彼の抑制できぬ殺意は今のところ障害者を殴ることによってしか達成されていない。彼は非常に腹立たしく思っているだろう。だが彼にはそれ以上の何事もすることができない。ヒトラーに心酔するだけで、その思想の何たるかも理解できていない。彼の幼稚な頭ではナチズムを理解することはできないだろう。その優性思想が彼自身の奇形という障害を否定しているのにも拘らず、自己矛盾に気づいていない。彼は自分の姿を鏡で見たことがあるのだろうか。彼の歪んだ目には何が映っているのだろう。それは自己愛によって美化され理想化された姿かもしれない。彼のような愚か者もそういまい。

この「やすらぎの苑」は敗残者の吹き溜まりである。心身に深い傷を負った人間たちが集まるところである。みんな誰もが孤立している。人間的なつながりなんてない。だから人間関係は強者が弱者を支配する一方通行になっている。強者は殺す以外何でもする。隠蔽された死はいいが、あからさまな死はまずい。そのはずだった。しかしこの密閉された空間の中で感覚がマヒし、障害者への暴行による死は少しずつ増えていた。誰も外部に漏らす者はなく、外部もこの苑の内部に無関心だった。死者は肉親が受け取りに来ることもなく無縁仏として合葬された。重複障害者は死んだ方が幸せと思った。あのように毎日苦しみ呻いている姿を見ていればなおさらである。私は救い出してやるために暴行しているのかもしれない。

するど突然私の中で重苦しく熱いものが高まり、頭を沸騰させていった。彼らを殺せ、殺せという叫びが耳元でこだました。かねてからずっと思っていた計画を実現すべき時が近づいたのかもしれない。私はそのためにこそ生きてきた。私は彼らを救うために殉死する。その決意の瞬間が舞い降りた。なぜもっと早く救ってやらなかったのかと後悔の念が襲ってきた。私はイエスのように彼らの罪のために殉教する。障害は罪である。だから罰せられなければならない。私が死刑になることで彼らは救われる。死刑を恐れてはならなかった。彼らの罪を背負って私は死ぬ。それこそ尊い行為であり、私は神の国で重要な地位を占めるだろう。私だけが死を恐れずに障害者の罪を許してやることができる。私の殉死は世の人に衝撃を与え、その名は永遠に語られるだろう。私の決意の叫びが苑の天井にまで響き渡った。私は感動に震えた。私は己のなすべきことをする。私は私の使命をやっと見出した。

3 菊池

人は顔の障害を克服することはできない。たとえ手足がなかろうとそんなものはこの世にありふれている。「やすらぎの苑」はそんな人たちで満ち溢れている。だが私のように両目が横に付いていて額にもう一つ目があり鼻がめくれていて顎が歪み、口が裂けている人間には会ったことがない。なぜならそんな人間は死産になるか数日で死ぬからだ。私は非常に低い確率の中、死ぬこともなく生き延びることとなった。私がこのような重い障害を負っていながら生きていることに警官をはじめ病院の医師は驚いただろう。あの時死んでいればよかったとは思わない。私は親を必ず捜し出して八つ裂きにしたいと願いながら、幸か不幸か四十歳まで生きてしまった。そのおかげで私の人生は苦難の連続であった。だが自殺しようと考えたことはない。私はその代わり人を殺害してこの世を滅ぼすことが生きがいとなった。世界に否定された私は、逆に世界を否定してやろうと思った。

私には根拠のない全能感があった。知的障害のなかった私は施設から普通の小学校に入った。私はそこで強烈な差別を受けることとなった。私は恐怖と好奇の対象となったが近づいてくる人は誰もいなかった。あまりにも自分たちとかけ離れた人間に対しては無視するのが暗黙の了解であった。私にとって孤独とは当たり前のことだった。私の方でも他人に何かを求めることは一切なかった。私はいじめの対象にすらならなかった。

中学高校と全くの孤独のうちに過ごした私はやがて人生の危機を迎えるようになった。私は私を含めたこの宇宙全体を冷徹に客観視せざるを得ない精神状態になった。全ての宇宙の存在がただ無意味に存在を演じているというか、全てが嘘くさく空虚に見えた。犬や猫や人間までもがその役を何も分からないまま演じさせられているとしか思えなかった。深刻な離人症的現実喪失感を味わった。それを乗り越えるためには多大の時間がかかった。そして私は私の存在だけが真実であって、他の全ては幻想だと思うようになった。私と他者との関係はこれに尽きた。

私には自分以外の現実というものはなくなった。外界とはいっとき存在を許された架空のものだと思うようになった。私のような醜い奇形の存在が自分だけが真実であって他の全てが虚構の存在でしかないと思うのは、滑稽であり常軌を逸していると思った。だが私はかろうじてそれで精神のバランスを保った。高校を卒業してから何年かの空白期間を経て私は「やすらぎの苑」に職員として就職した。そこには大量の重度障害者がいた。大部分が知的障害者でもあった。私はそこで働くうちに自分の顔の障害を克服することになった。私は単に顔に障害を負っているだけで、知的障害でもなく体は健常者と全く変わらずに動けた。

私は鏡を見なくなり、自分の障害を意識しないようになった。しかしそれは苑内だけのことであり、一歩外に出れば私は「化け物」として恐怖と好奇の対象とならざるを得なかった。結局私は、障害とは本人そのものにあるだけではなく人々の心の中にもあるものだと知った。苑内で私は相対的優位性を持つようになった。自分の障害を棚に上げてそれはないものとみなし、収容者の障害を攻撃するようになった。

そんな頃出会ったのがヒトラーの『我が闘争』である。彼は私に似ていると思った。コンプレックスに満ちた幼少期、青年期を過ごし、挫折に苦しみ抜いた果てに到達した、自分の民族だけが優位にあり他の民族は劣等でしかないという思想は、私だけが真実の存在であり外界は虚構であり幻想であるという考えと似ていると思った。私の障害者に対する暴力はここに始まったともいえる。ヒトラーが領土を拡張していくように私は「やすらぎの苑」での地位を上げていく。私は自分を唯一無二の存在であると思うようになり、他者の存在を架空でしかないとみなすようになった。だから収容者をいくら殴っても良心の呵責というものは全くない。当然の報いだと思うようになった。

怖いもの見たさであろうが何人かの女性が私に近づいた。私はそこでいっとき安心を得、愛欲におぼれた。女の性欲の激しさを初めて知った。また女性器の醜さ、貪婪さ、不潔さを痛感した。しかしみんなこの世のものとは思えない恐ろしい罵声を浴びせて暴力をふるい、去っていった。私はそのたびに著しく苦しみ、その果てに精神を病んだ。女性とは淫らで残酷で不潔なものだということが身に染みて分かった。彼女たちへの憎悪から一切の女性や女性的なるものを否定した。それが高じてこの世の一切を滅ぼしてやろうという気になった。ヒトラーは最後自決に終わったにせよ、その破壊の情熱には心酔した。彼ほど徹底的に生きた人間は数えるほどである。彼は命を懸けて闘争した。そこがオウムと違うところである。オウムの中で自らの命を差し出して破壊行動をした者は一人もいない。臆病者のテロリストだ。私は一人残らず死滅するまではテロ行為を止めないだろう。だが現実には惨めな生活を送らざるを得ない。その落差で私は苦悩する。私は飯田が私と似通った思想を持っていることを知った。私と飯田の違いは精神の強さである。彼は強靭な神経を持っている。その面で私は彼に一目置いている。私が力及ばずとも彼ならやってくれるだろうと信じる。

苑内に美しい女性が職員として加わった。私は美などというものを信じているわけではない。だが私の醜さと対極にあるのが彼女の美だということは認める。たとえ醜い奇形の顔を持っていても審美眼は正常である。しかし彼女の柔らかい優美な雰囲気は私の心を逆なでする。女性における外見的な美とは確かに皮一枚であって剥がしてしまえばそんなものは失われてしまう。しかし彼女には内面の美しさがあるように見える。鬱屈してきた私の心とは明らかに異質のものである。私はどうしようもなく惹かれるのと同時に激しく反発した。その化けの皮を剥がして私の地獄にまで貶め跪かせてやりたいと思った。彼女がどんなに愛に満ちた心を持っていたとしても私を愛することはできないだろうと思った。私は女性の底なしの裏切りにあってきた。彼女も見栄えがいいだけの当たり前の女性であって聖女マリアではない。私は彼女の愛を試し転ばしてやろうと思う。その愛が偽りか否かは踏み絵をすれば一目瞭然だ。私が踏み絵になってやろう。彼女は踏み絵を踏むだろう。私のことなど塵芥くらいにしか考えてなく、自身の愛を裏切るだろう。

私は彼女の美しい顔を傷つけてやりたい。ナイフでめった刺しにしてやりたい。眼球がこぼれても構わない。それでも彼女が優美さを保っていられるか見ものだ。無償の愛は不可能だ。私には彼女がそれを実践しているように見えた。だがそれは私の思い込みに過ぎないだろう。彼女が醜い姿になっても愛を貫けるかどうか疑問だ。

ところでもう一つ心を苦しめている考えがある。それは私の底なしの不安だ。深海の底で私は願う。この世が闇に覆われ、二度と誕生しないことを願う。永劫回帰の思想によれば、この世は何度でも繰り返す。私はそれに否と言う。尾を食らう蛇を断ち切らねばならない。この世はたった一度だけのものだ。この悲惨な世が何回も繰り返すのは我慢できない。だが後に意識を生み出すことになる物質が現にこれほど存在している以上、またこの世が回帰しない理由などどこにあろう。数兆年先にこの世が再び現れ、同じ私が苦悩しない保証などどこにあろう。永劫回帰の思想とはファンタジーだという人がいる。だがそうでない保証などどこにもない。

私は十分苦しんだ。その苦しみを再び味わいたくない。私がなぜ唐突にニーチェの思想を語りだしたのかというと、私は何度も何度も奇形の私を繰り返すのではないかという予感があるからだ。奇形は私の宿命なのだ。私はやがて死ぬだろう。しかし再び同じ私で生まれ変わるような気がしてならない。この世が何度でも何度でも繰り返す気がしてならない。再びヒトラーが生まれ、ユダヤ人を殺害する気がしてならないのだ。これは明らかに常軌を逸している考えに他ならないだろう。だが私の不幸は津波のように繰り返し襲ってくるような気がしてならない。その恐怖が常にある。

私はこの生を一度きりで終えたい。もちろん私が死ぬのはこの世を滅ぼしてからだ。この願望を抑えることはできない。しかし滅ぼしても滅ぼしてもこの世は再生するだろうか。この世を滅ぼしても物質を消滅させることはできないだろう。砕け散った塵から再び宇宙がよみがえることは十分にあり得る。私はそれが恐ろしい。この世は結局存在に呪われている。

障害者施設の一職員に過ぎない私がこのような考えを持っているのは不自然に思われるだろう。だが人の考えとは無限に果てしないものだ。この奇形の私でもそれは変わりない。いや、だからこそ人生を深刻に捉えている。完全な死はこの世にないかもしれないが、それでも私は死ぬのが怖い。再びよみがえるかもしれない私はそれでも死が怖い。私が死ぬことによってこの世は私にとっては消滅するだろうが、実際には私一人が消えるだけのことに過ぎない。その事実が私を狂わせる。私がいなくなってもこの世が在ることが堪えがたく苦しい。私は矛盾するかもしれないが、奇形の私を無限に愛している。自己愛は汲めども尽きぬ底なしの泉なのだ。その自己愛によって数多くの人たちが身を滅ぼしてきた。ヒトラーしかり麻原彰晃しかり。彼らはその絶頂期に宇宙は自分を中心に回っていると思っただろう。自分への底なしの愛が世界を変貌させているのを実感する時、彼らは神の生まれ変わりだと思うだろう。その大いなる錯覚が身を滅ぼすことになるなどとは夢にも思っていない。彼らはその錯覚に酔いしれているからだ。

私も身を滅ぼすだろうか。私はヒトラーのように自己愛を貫くことができないだろうが、それでも彼のように自害したりはしない。私は彼を心酔しているが、そこだけは違う。死の淵で私は生き延びる。それがどんなに茨の道であっても私は自殺しない。

私は死ぬにしても戦闘のうちに死ぬだろう。地下壕の中で自殺し焼却されるようなことはない。あくまで私が正しいのだという壮大な自己肯定によって生きてゆく。

4 佐藤

私にとって死とは想定外のことだった。私は老いゆく体を実感している。私は宇宙の創造者だと思ってきた。しかし私の絶頂期は短く、まもなく病気や老衰による死が訪れるのは確実と言わざるを得ない。それほど私の体は傷んでいる。外見の老化は著しく、恐ろしくて鏡を見ることができない。だがそれでもなお、私は自己が神であるという確信がある。それは妄信ではない。私にとってそれを捨て去ることは自死を意味する。私は自分の存在がこの世を支えているのを実感している。だから私の死と共にこの世は瓦解し消滅するだろう。神である私が死ぬなんてあってはならないことだが自分の心に老いを隠すことはできない。私の心は体を支配してきた。それが今や老いた体に心を支配されている。天を舞っていた私の心は地面を這いつくばっているとしか言えない。積み重なった疲労による痛みが私の生活を困難にする。あれほど盛んだった私の精気は障害者たちに吸い取られてしまった。私はこのまま老いさらばえて孤独に死ぬのであろうか。そんなことがあってはならない。

神が老いるとはどういうことだろう。私は確実にこの世からいなくなるということを実感している。私一人のみ消えてこの世が残るのではないかという恐怖がある。創造者の運命がそれでいいのか？　私が死ぬ時はこの世も道連れにしないではいられない。この世を残しては死ねない。

一方、社会での私の立場は微妙である。過重労働により私の体は悲鳴を上げている。この苑を辞めたら生活はたちまち困窮するだろう。ここにいる限り私の生活は保障され、障害者への狂的な虐待を含め好き放題にやらせてもらっている。だが体がもう追いつかなくなっている。染み、皺、弛みが増え、五十代なのにまるで老人のようだ。そろそろ終焉が来そうだという予感がある。その時、この宇宙にも終わりが来るという保証があるだろうか。それがないまま死ぬということは恐ろしいことだ。私の確信は肉体の老いのせいで揺らいでいる。

若さは何ものにも代えがたいものだ。ある意味、青春の過剰な嵐が私の確信を支えていたと言える。だがそれは永遠に過ぎ去った。老いた心が背負うにはあまりにも重い確信だ。それを捨て去り一介の老人として死ねたらどんなに楽だろう。私の心は今やそれを求めている。そこまで私は憔悴しきっているのだろうか。だが私の核心の部分がそれを否と言っている。宇宙は私という神の見る醒めない夢にしか過ぎないという確信を捨て去ることは、自殺せよということと同じことだ。だが自殺はできない。死ぬのはこの宇宙であって私ではない。だが私の心身の老化がその信念を支えきれない。この苦悩から逃れるにはどうしたらいいのだろうか。

もう全てを諦めていいのではないかという誘惑がある。諦めの境地に浸っていられたらどんなに楽だろう。だが私が呼吸することは宇宙が呼吸することと同じだという感覚がある。この感覚は私の誕生と共に生まれたものだ。そしてそれは宇宙の誕生を意味する。私とともに宇宙は生まれ、私とともに宇宙は死ぬだろうという確信は私の血となり肉となっている。それなくして私の生はあり得ない。だが老いが全てに勝っていくだろう。それが人間というものの運命なのかもしれない。老いに逆らうことなんてできない。老いとはゆっくりとした川の流れか、あるいは急流のような死の渦巻きか。いずれにせよ、それに抗うことなんてできない。（……後日、癌検査で私は進行性の大腸癌であり肺に転移していると告げられ、余命一年と宣告された。それにより私が確実に死ぬということが立証された。私の死は確実だが宇宙の死は今となっては曖昧である。こんなことがあっていいのか。ただ独り死ぬようなことがあっていいのか。私が死んでもこの世が続くなんていうことは到底受け入れがたい。私の死とともにこの世は消滅するというのは今や私の信仰でしかないのか。その信念を捨てられないというのは私が狂的であるという証拠なのか。その苦悩は私の心身を引き裂き混乱させる）。

青春の盛りにあるような女性がこの苑にやってきた。私には眩しくて正視することができない。その愛に満ちたひたむきな仕事ぶりが私の心に突き刺さる。閉ざされた障害者の顔が奇跡的に笑顔になる。私には到底信じられないことだ。大半の障害者の自我は壊れていたはずだ。彼らが笑うなどという知的な行為をできるなんて思ってもいなかった。彼女が来て以来、障害者の髪の毛に火を点けたりして虐待する行為はしていない。私の中になかったはずの理性が湧いてきたのだ。私は狂的な部類に属する人間である。その私が自分を恥じたのである。

彼女の美しさがこの苑に棲みつく穢れを浄化していくようだ。私が神であるなら彼女は女神だろう。私のように老いぼれて汚くなった神にとって、若く美しい女神はどんな意味を持つのだろう。神と女神は言うまでもなく一対のものであり二人で一つである。私は彼女との結婚を考えなくてはならない。しかしそれは誰が見てもあり得ない話だ。狂った老いぼれの錯乱としか考えられない。だが私は彼女を敬愛する。その気持ちに揺らぎはない。二人が結ばれる可能性はあると私は信じる。

しかし私は彼女に近づくことができない。老いた心にとって若さは危険である。朽ちゆく絶望にとって青春の希望は毒である。老いた引け目が彼女への接近を許さない。

彼女の拒絶は私の心を破壊するだろう。私は光り輝く恒星の周りをまわる惑星である。近すぎると炎上し、遠すぎると凍えてしまう定めにある。だが私は何としてでも彼女と結ばれる。その時、この世は光に包まれ、全てが善となり、人々は憎しみを忘れ、愛し合うだろう。その日は必ず来る。それを信じて私は今日を生きていく。

5　破滅

重苦しい湿った空気に濡れながら、私は苑の屋上にいた。憂鬱の波間に揺られ、死にたい思いと生きたい思いに胸を焦がしていた。私が私であることがたまらなくつらかった。なぜ私は私なのだろう。それもこの重い障害を持って。いっそ飛び降りたい気分だったが、屋上は頑丈で高い柵に取り囲まれていた。

職員がうろうろと病院内を歩きまわっている。特に相変わらず刃物をちらつかせて威嚇する飯田が恐ろしかった。彼に会わないように、目を合わせないように、彼の目に映らないように息をひそめて過ごしていた。恐ろしいことが起こらないようにと祈りながら……。

比較的軽度の障害者である斎藤という男が広間にいた。彼は私に集団脱走の計画があると言った。脱走して親のもとに帰ろうというのだった。「やすらぎの苑」に放り出した親に現状を知らしめることが目的だというのだ。私はそんなことをして何になると言った。彼らは私たちのことを諦め、消去したのだ。送り返されて惨めな思いをするだけだと思った。しかし職員に協力者がいると言った。障害者を一人残らず親の家の玄関に送りつけるというのだ。私は死ぬぞ、と言った。障害者は脆い、特に重度障害者は環境の変化に耐えられず次々に死ぬと思った。私は拒否したが、しかしそれは決行された。

ある日の夜、障害者たちは一か所に集められ、数台のトラックに乗せられた。朝になって苑内は大騒ぎになった。彼らは全国に広がる親たちや肉親の家の前に置き去りにされた。しかし親たちは拒否し、「やすらぎの苑」の責任を問い、障害者を送り返した。何人かの重度障害者が死に、斎藤たち首謀者は逮捕された。大きなニュースになりコメンテーターたちが無責任な発言を繰り返した。

「これは要するにですね。障害者の反乱ですよ。施設に閉じ込めるのは肉親のエゴであり責任放棄の何ものでもありませんよ、私は許せませんね。いいですか。障害者を産んだのは親ですよ。親に責任を問えというのは酷かもしれませんが、その時点で親の一生は決まったと同然です。その子が成長して大人になって自立できるまでつきっきりで面倒を見るのが当たり前じゃないですか。それをですね、施設に預けっぱなしにしてあとは知らないというのは非常に問題ですね」

「でも計画が杜撰で無責任じゃないですか、親に送りつけてどうするんですか。親の責任を言いますが、親だって好きで障害児を産んだわけじゃない。誰も責められないんですよ。家庭で面倒を見られない重度障害者がほとんどらしいじゃないですか。施設の悪評はないようですね。これは主導した障害者に問題があるとしか思えません」

「この首謀者は施設の内情を訴えたかったんじゃないですか。施設の評判なんていくらでもコントロールできます。この人も知的障害者であって被害者です。皆さん、施設の内部を知って発言しているんですか」

するとと間があって司会者がその場を収めた。

こうした事件は刺激的な事件を追いかけるマスコミの格好の餌になる。しかし視聴者が飽きたら節操もなく他へ移る。彼らにとっては事件があることが必要であって、その中身がどうなのかなどどうでもいいのだ。コメンテーターも求められる発言をすれば小金が貰える。ちょっと逸脱しようものなら司会者が割って入って話題を適当なものに変える。これは台本のある劇だ。


私は改めて自分たちの居場所はここしかないのだと思った。親たちが毛嫌いして追い出した障害者が、もう忘れていたところに玄関に現れたのだ。怒って当然だと思う。彼らは障害者を産んだ自分たちの責任を問う前に苑の杜撰な管理体制を怒ったのだ。元より彼らに責任などありはしない。障害者として生まれた私たちが悪い。社会の厄介者は隔離されることになっている。犯罪者はいつか刑務所から出られるだろうが、私たちが苑内から出ることはない。無謀で無意味な計画だったのだ。だが出たくなる気持ちは分かる。しかしどこにも行くところはないのだ。ここで人生を終わらせ、骨になって無縁仏になる以外ないのだ。骨すら受け取りを拒否されるからだ。それにしても愚かな行動だった。

私たちの日々にまた退屈で平凡な日常が戻った。それは呻き声と悪臭に彩られていた。災難を生き延びた障害者たちは、また呆然とへらへらと生きる以外なかった。それはこの世が終わるまで続くのではないかと思った。

「やすらぎの苑」に新人の若い女性が入ってきた。彼女は清純な容姿をしていて真面目に仕事を覚えようとしていた。北沢純子といい、誰にも分け隔てなく接する人のようだった。私を無視してきた世の中の女性とは違って見えた。朝、廊下を歩いていると向こうから来た彼女が「おはようございます」と言って微笑んだ。私はそれだけのことなのに戸惑った。どう会釈すればいいのか分からなかった。私に対して優しく微笑んだ女性にこれまで出会ったことがなかった。いや彼女にとっては単なる朝の挨拶だろう。出会うなんて大げさだ。しかし私はたちまち彼女の立ち居振る舞いに魅せられるようになった。常に穏やかな笑みと真剣さを欠かさない彼女を目で追うようになった。「やすらぎの苑」に舞い降りてきた白鳥(しらとり)のようだった。

私は信じていいのかと自分の胸に問いかけた。信じることは怖い。自分の殻に閉じこもっているのが一番楽だ。だが彼女へのどうすることもできない思いがわき上がってくる。片手片足のない知的障害者が愛されることなんてあるだろうか。汚染されていたこの苑が彼女のおかげで浄化されていった。彼女が私の前に近づいた。私の名を言った。「本田さん」と……私は一瞬誰のことだか分からなかった。私はお前としか呼ばれていなかった。自分の名前を久しく聞いていなかった。

「閉じ込もっていないで、いい空気を吸いに中庭を散歩しましょう」

私は彼女の瞳に吸い込まれるような気持ちで「はい」と答えた。彼女が私の手を取り、花の咲き乱れる中庭をゆっくりと歩いた。

「ご気分いかがですか」彼女は優しい声で言った。

そよ風が吹いた。私は「気持ちいいです」と言った。

「あのう、ここ環境悪いと思うのですが嫌になりませんか」

「え、なんでですか。私は皆様の援助がしたいし、それが喜びでもあるのです」

私はこういう人がいるのか、と思った。糞尿垂れ流す障害者の世話をするのが楽しいのかと。

「ここの職員はひどい人が多いです。気になりませんか」

「一部の職員がいけない行為をしているのは気づいています。もし見かけた場合は注意しています」

「注意したって無理なんですよ。あの人たちは悪人です」

「生まれながらの悪い人なんていませんわ。彼らの心の善意に訴えていくつもりです」

「彼らに善意なんてあるのかなぁ。だって障害者を殴って何とも思わない人たちですよ」

「苑長や上の人に訴えてなくさせていこうと思っています」

私は「それは無理」という言葉を飲み込んだ。生来の悪人はいる。それは死ぬまで治りはしない。

「薔薇が綺麗ですね。いい香りもしますわ」

優美で華やかな薔薇の香りが漂ってくる。でも私は知っている。その香りは全く正反対の成分、いわば悪意を含んでいることも。彼女の中にはそれはないのだろうか。彼女の慈愛に満ちた雰囲気からはそれは感じられない。でも私はそうした優しさに慣れていないので怖い。

しかし彼女の柔らかい表情は私を安心させてくれる。心を委ねていいのだ、という思いがわき上がってくる。愛というものを私は受けたこともないし感じたこともない。あの少女への思いは愛ではなかった。でも私は生まれて初めて愛という感情を抱いた。これが愛なのか、決して裏切られることのない信頼がそこにはある。しかしこれは一方的な感情なのかもしれない。それでもいい、人を愛せるなら。それが一番幸せなことだ。私たちはゆっくりと手をつないで歩いた。

私は彼女が正義を貫けるだろうかと思った。苑の色に染まっていかなければいいと思った。

苑の広間に戻って私たちは椅子に座り、話し始めた。

「職員があなたの仕事を妨害しないかどうか心配です。あなたのように心の美しい方をここの職員は許しておきませんから」

「私は私の仕事をしていきます。中には優しい方もいらっしゃるのですよ。ご指導していただいています」

上まで腐ったこの組織にそんな人がいるわけがない。本当のことが言えないようだ。あるいは現状を分かっていて、あえて言っているのかもしれない。だが彼女の心の光に照らされると悪が善になるかのようだ。彼女の見る世界と私たちの見る世界は違うのかもしれない。でもそんな不思議なことがあり得るだろうか。しかしこの共通の現実の世界で私たちは話し合っている。

「あなたの心に私は触れることができない。触れたら今までの緊張に緊張を重ねた過去の生活が崩れてしまう。私は常に否定され続けてきました。信用しても裏切られることの繰り返しでした。だから触れたらまた火傷を負ってしまう」

私はやっと今まで生きてきた。自殺することなく生きてきた。それは何べんとなく考えた。でも実行する勇気はなかった。やはり死はものすごく怖く感じた。私はいろいろな人からの悪意の眼差しの中を生きてきた。それは殺意だったかもしれない。それでも私は死なずに、死なずに……。

私は絶えて流したこともない涙を流した。それは彼女の前では許される感じがした。熱いものが込み上げてきて頬を濡らした。彼女は優しく私の手に触れた。その温かな体温を私は心で感じた。

「つらかったのね、でも大丈夫よ。守ってあげるから」

私たちはしばらくそのままでいた。

私はいつか彼女を守りたいと思った。もしもそれが可能ならば。

私の部屋に熊谷という男がいる。彼は全盲の上に手足が不自由な知的障害者である。簡単な受け答えはできる。彼の病気は進行性のもので、ほとんど引きこもって寝たきりだが、定期的に車椅子で職員と中庭に出る。彼には咲き乱れる花園は見えないだろうが散歩から帰ってくるとスッキリした表情になる。彼は盲学校で徹底的にいじめられ、生涯消えることのない傷を心と体に負ったと前に話した。私はハンディキャップを持った者同士でもいじめがあるのだなと改めて思った。自分もそうだった。いじめるのは人間の本性なのか。私は苑内の様子やそこで起きた全ての事象を彼に話していた。彼はこの施設に来て十年になる。

「中庭は気持ちよかったですか」

「ええ、爽やかなそよ風と花々の香りを感じました」

「今は初夏の一番いい季節ですね。生あるもの全てが生き生きと輝いて見えますよ」

「私には縁のないものです。私の心はいつも重苦しく沈んでいます。でもあなたとの会話や中庭を散歩する時に少しだけ心が軽くなります。あなたには感謝しています。あなたがいなければ私は一人っきりで何も分からないまま暗闇の中にいたでしょう」

「それは私だって同じです。ものが見えたからといって素晴らしいことではありません。私にはこの世は灰色に見えます。美しいものはごくわずかで他の大半は醜いものばかりです。見えない方が幸せっていうこともあります。私は悪意を持った蔑む視線に苦しんできました。奇形とは彼らにとって悪なのでしょう」

「でも美しいものもあるのですね。一度でいいから見てみたい。この苑にはそれはありますか。花園は美しいでしょうが、美しい人はいますか」

「新しく入られた職員の北沢純子さんは綺麗な人です。外見もそうですが心の美しさが表に現れています。純粋で優しい方ですが内面の強さもあります。彼女はこの苑の不条理に屈しないでしょう」

「その人はこの部屋に来ましたか」

「担当が違うのでここには入りませんが、広場で会えますよ」

彼はそうですかと言って少し悲しそうな顔をした。

「私は何も見えないし、そのうち感じることもできなくなるでしょう。たとえ会ったとしてもその記憶はやがて失われるでしょう。私は徐々に過去の記憶をなくすばかりでなく現在の出来事も覚えられなくなるのです」

「でも会いましょう」と私は言った。「優しく迎えてくれますよ」

しかし彼は、自分はいいですと言って断った。

「私はつらいことばかりだったので新たに記憶を作りたくありません。心を乱されるのが嫌なんです。自分のうちに沈んでいるのが一番落ち着くし楽なんです」

私にはその気持ちが分かった。つらさの上に新たなつらさを上書きしていくのが私の人生だったからだ。親に見捨てられてから今に至るまで、いいことなど何もなかった。私は苦しむために生まれてきたのか。

かすかに北沢純子に対する希望の光がある。それとていつ消えるかも分からない。彼女が苑の理不尽に耐えかね辞めてしまったら、もう一生会えなくなる。彼女と私の関係はそれほど細くてか弱い。彼女が私を愛することはほんの少しでもない。自分自身すら愛していない私が人に愛されることは永遠にないのだ。自分を愛するなんて不可能だ。この醜い体と卑屈な心を持っていては。しかし彼女の無償の愛は私を救うかもしれない。私ばかりでなく他の障害者たちも。暗闇の中にいつか光が差し込む日は来るのだろうか。

職員の中にも障害を持っている人がいる。菊池という職員が北沢純子に色目を使うようになった。彼の障害は主に顔にある。目が極端に離れていて顔の横に付いているように見える。さらに額の中央にもう一つ目がある。鼻はめくれ上がり穴は一つしかなく顎が変形して歪み口が大きく裂けている。広場で彼は純子に話しかけた。

「職員の一部に君のことをよく思わない人がいる。君を貶め追い出そうとしている。でも僕は君の味方だ。その奉仕の精神を高く買っている。僕なら君を守れる。君は僕を裏切らないよね。他の淫らな女たちとは違うようだ」

彼女は冷静に対処した。

「そんな人たちがいるなんて気づきませんでした。でも誰からも好かれることはできません。私は私の生き方をしていきます。今は必死に仕事を覚えているところです。仕事で評価してもらいたいと思います。私を嫌う人がいても私はその人たちを愛します。そして私のことを理解してもらいたいと思います」

菊池の顔が引きつって何らかの感情を表そうとしているが奇形のため分からない。

「人間にはろくでもない悪人がいるんだよ。彼らに触れるのは危険だ。彼らに手籠めにされてしまうだろう。僕の傍にいれば安全だ。君は今、彼らを愛するって言ったよね。それは偽善じゃないか。悪を愛すると言っているのと同じだよ。悪には深淵がある。僕はそれに引きずり込まれないように君を守っていくつもりなんだ。愛なんて脆いもんだし憎悪の方がずっと強い。僕はそもそも愛なんてこの世にあり得ないと思っているんだ。あるとしたら自己愛だけだね」

「自分を愛するように人を愛せよ、という言葉がありますが、私は人を愛するように自分を愛すようにしています。それの方が自然です。生来の悪人なんていません。生まれたての赤子はみんな平等で愛すべき存在です。成長するにしたがって環境が彼らの純粋な心を歪めてしまうのです。人間の中に悪意があることは否定しません。それは乗り越え克服する必要があります」

「そうさ、こんなに愛らしい君の中にも悪意があるのさ。君はそれと葛藤し苦しんでいるんじゃないか。君は自分の心を解放する必要がある。それを僕は受け止めてあげる。僕は真の友人になれるだろう」

彼は他の女性にはこんなに話すことはない。彼女の雰囲気がそうさせるのかもしれない。それは彼には感じたことのない母性なのかもしれない。

彼女のことを誰かが呼んだ。彼女は微笑んで会釈をしてその場を離れた。

悲惨な出生を経た彼には、彼女の中にある「愛」が信じられないのかもしれない。女性を憎悪することのみによって生きてきた彼には女性の持つ「愛」などはあり得ないものだった。彼は彼女に惹かれれば惹かれるほど反発する自分がいることを感じた。しかし彼は自分の醜さを相殺する「美」を求めていた。それが彼女だった。

しばらく雨が続いた。苑内は鬱屈した気配に満ちていた。私は重苦しい心で窓から外を見ていた。豪雨になってこの苑の穢れを洗い流してほしいと思った。神様の啓示に打たれるように激しい雷が落ちて発火すればいいと思った。その時に苑内は真理に覚醒するのではないかと思った。だがそれは永遠にない。退屈と憂鬱と暴力に支配されたこの苑が変わることは絶対にない。

私は部屋を出て広間に向かった。木村という手足の不自由な自閉症の障害者がいた。彼は頭を抱え込み何やらぶつぶつと言っている。彼には自分の中の世界しかなかった。苑の中でも孤立していた。私は彼に何度も外の世界を見るように試みたが無駄だった。外の世界もろくなものでもないが彼の無為な空虚さよりはましだと思った。しかしそれはあくまで私の視点であって、彼にとっては余計なお世話であり、彼自身は自己完結していて満ち足りているのかもしれない。自己の中に沈潜し外界を拒否する彼の姿は、ある意味幸せに見える。だが彼はこの苑内のみでしか生きられない。ここの大多数の障害者と同じで一生他者に守られて生きていかなければならない。しかしその他者が自分を危険にさらす可能性があることを彼は知らない。彼には未来という概念がない。

　広場にいると菊池がやってきた。私の顔をねちねちと舐めるように眺め、薄笑いを浮かべているようだ。奇形のため、あくまで私の感覚でしかないが。

「お前、最近、北沢純子に近づいているようだな。お前は彼女に愛されていると勘違いしているんじゃないか。重複障害者のくせに生意気だと前から思ってきたんだが馬鹿にもほどがあるんじゃないか。彼女はあくまで仕事でお前たちに接しているに過ぎない。彼女の中にも悪意がある。お前たちに対する嫌悪感がある。それを見抜けずに彼女のことを愛してしまっているんじゃないか。心酔してしまっているんだろう。俺はお前の哀れな過ちを正してやろうと思ってきたんだ」

「純子さんはそんな人ではないです。僕だけではなく全ての人に愛を注いでいます。愛のためなら自分の身を捧げてもいいと思っている人です」

「お前は彼女に目が眩んでいるんだよ。本質が見えていない。彼女だって自分の身が危険にさらされればお前を殺すよ。お前が彼女を殺そうとして、彼女が銃を持っていたとしたら引き金をためらいもなく引くよ。彼女だって人間なんだから当たり前だがな」

「僕がそんなことをするわけがありません。だからその仮定には意味がありません。僕以外の誰かが彼女を襲ったとしても愛の力でその人は我に返るでしょう。彼女の心の美しさは瞳に現れ、その愛に満ちた澄んだ目に見つめられたら誰もが正気に返るでしょう」

「お前はつくづく分かっていないやつだな。愛も美も幻想なんだよ。そんなものはありはしない。お前が彼女に抱いている感情が言わせている妄言さ。お前は彼女から愛されるに値する人間だと思っているのか。お前、鏡で全身を見たことがあるのか。片手片足がない無様で醜い障害者が誰から愛されると思っているんだ。お前は自己に陶酔している精神病者だ。それほど滑稽なことがこの世にあるのか。他人の自己愛ほど気持ち悪いものはない。もうお前は彼女に近づくな。彼女が来たら拒否しろ。それが結局はお前の幸せになるのだ」

「あなたはなぜ私のことを気にしているのですか。私は取るに足らない障害者です。それは重々承知しています。私のことなど放っておいてください。あなたも障害者なら分かってください」

「俺は顔にひどい障害を負っている。だからどんな女も俺を毛嫌いして罵声を浴びせてきた。近づいてきた女もいたが最後は『化け物』と言って裏切った。俺は女の不潔さ、残酷さ、淫らさを死ぬほど分かっている。純子もそうなのさ。何の変わりもない。お前の曇った目を覚まさせてやらねばならない。そこいらにいる馬鹿な女と同じさ。多少見栄えがいいだけのね。それは表面的なものだ。内面と何のかかわりもないのさ。変化しないものは何もない。全ては衰える。若くて綺麗な女も年取れば見分けがつかなくなり、みんな猿に似てくる。その時、男は自分の馬鹿さ加減に気づき、全ては幻想だったと思い知るのさ」

「あなたは彼女のことを愛しているんですね。だからそんな屈折した物言いをする。

心を素直にすれば彼女の本当の姿が見えてきます。彼女の愛は全ての人に注がれています。それはあなたに対してもです」

「そんなことがあるわけがない。それにそんな普遍的な愛情はいらない。俺は俺一人を見ていてほしいんだ。見つめてほしいんだよ。俺の顔を正視できる人はこの世に一人もいない。彼女だってそうさ。俺は化け物だから仕方ないんだよ。俺は化け物小屋で飼われていたんだからな」

彼は本当とも嘘ともつかないことを言った。私同様、彼の心の闇は深いと思った。

「だから俺は誰も信じていない。俺は彼女の愛とやらを試しているんだよ。その化けの皮を剥がしてやりたい。愛があれば、俺のこの裂けた口に口づけができるかどうかだな。それが第一段階だ。後のことはそれからだ」

無茶苦茶だと思った。そうとう病んでいると思った。彼女の人権を全く無視している。彼女は全ての人を愛しているが、それは特定の人に強引に奪われるべきものではない。将来誰かと結婚するにしても、だからといって彼女の愛が偽りだったというわけではないのだ。彼女が生きている一人の独立した女性だということが全く分かっていない。

「菊池さん、彼女を困らせないでください。あなたの歪んだ愛情は彼女を苦しめることになってしまうかもしれません。彼女を解放してやってください。さもなければ私とあなたは敵対してしまうことになるでしょう」

すると菊池は私の体を強く押した。私はあっけなく床に倒れ込んだ。彼は私の胸を踏みつけ言った。

「俺に意見するな。俺は職員でお前は収容者だということを忘れるな。俺と対等に口をきこうとするな。お前は糞虫以下なんだよ」

菊池の踏みつける足に力が入った。私はあまりの痛さに気を失いかけた。私たちの周りを障害者たちが囲んでいた。何やらみんな興奮して騒いでいた。私の眼は霞んでいった。

気がついた時、私は純子の胸に抱かれていた。彼女は少し驚いて小さく声を上げた。

私はこのように女性に抱かれていたことがあるだろうか。赤子の時でさえないだろう。母は私を拒否したはずだ。私は胸の痛みがぶり返して少し呻いた。

「大丈夫ですか。何があったの？　誰がこんなことをしたんですか」

私は長い間、横たわっていたらしい。騒いでいた障害者たちはやがて飽きて散らばっていったようだ。何があったか証言できるような障害者はいない。職員たちもお互いの行動に干渉しない。暴力はありふれたことだ。

「いや、義足が壊れて倒れてしまったんですよ。その時に頭を打ったみたいです。よくあることです」

私は彼女の胸の暖かさに感動して震えていた。幼子に戻ったようだった。聖母マリアに抱かれているみたいだった。苦しみの後にこの幸せがあるなら苦しみもいいかもしれない。いつまでもこうしていたいと思うが時間は過ぎ去る。誰もそれを止めることはできない。

「ありがとうございました。あなたの手を煩わせてはなりません。あなたのお仕事は忙しい、ここにいる全ての人のためにあります」

　私はよろよろと膝をつきながら立ち上がった。彼女は「私に本当のことを話していただけませんか」と言った。でも本当のことなんて言えるわけがない。私は「菊池さんに気をつけてください」とだけ言って、自分の部屋の方へゆっくりと歩いていった。

　ベッドに横たわり胸の痛みをこらえながら私は眠った。特殊学級に通えなくなって絶望していた頃の夢を見た。児童養護施設で私は厄介者扱いされていた。職員に顔を叩かれていつも泣いていた。私に未来はなかった。この現在が永遠に続くのではないかと思った。その頃の気持ちが鮮明によみがえり私を苦しめた。やがて施設を追いやられた私はこの「やすらぎの苑」にたどり着いた。ここは美しい景観に立つ虚構の建物だった。私はうとうとと微睡(まどろ)みながらいつまでこの現実が続くのかと思った。終わりにさせなければ、終わりにしてもいい……。

　翌日の昼、広場に行くと菊池と純子が言い合いをしているようだった。それはなぜか不自然に見えた。あり得ない構図だった。前に見た光景にもかかわらず、醜い奇形の菊池と美しい純子が同じ空間にいるのが不思議だった。

「菊池さんですね、本田さんを暴行しましたね。その様子を見ていた職員の一人に証言を得ました。なぜそんなことをするのですか、無抵抗の人に。あなたはご自分のなさっていることが分かっていますか。犯罪ですよ」

「ここでは暴力は犯罪ではないんですよ。ここにいたいならあなたはそれを知らなければならない。それに俺は彼の胸を押しただけだ。彼が勝手に倒れただけだよ」

「あなたが彼の胸を踏みつけたって聞いています。暴力が犯罪じゃないなんてどこでも通用しませんよ。彼はずっと倒れたまま放っておかれたのです。彼に何かあったらあなた責任取れますか」

「責任ねぇ。俺には何にも責任なんてものはないんだよ。そんな概念ないねぇ。ここはね、何をしても自由なんだよ。無法地帯かな。職員は収容者を生かさず殺さず餌を与えていればいいんだよ。上に言ったって無駄だよ。暴力は黙認されているからね」

「それはあなたの勝手な思い込みでしょう。あなたは感覚が鈍感になっているんだわ。

外の世界に働きかけてあなたを罰することもできるのですよ」

「そんなに感情的にならないで、せっかくの綺麗な顔が台無しだよ。あなたは全ての人に愛情を注いでいるってあいつが言ってたよ。俺のことも愛しているんだろう。機嫌を直して話をしよう」

「あなたがあまりに理不尽なことを言うからです。あなたに限らず全ての人を愛しています。私たちをつなげるものは愛です。それは真理です。私はあなたの行為を問いただしているだけであって、あなた自身を非難しているわけではありません。これ以上本田さんや他の人に対する暴力は止めてください」

「それは約束できないなぁ、俺と暴力は切り離せないんだよ。障害者は痛みの感覚も鈍っているから大丈夫だ。まぁ、これから少しは手加減するからさ。でもあなたのいう愛とやらは誰も救うことなんてできないよ。そんなものは幻想に過ぎないんだ。障害者を甘やかせてはいけない」

菊池はそう言ってその場を立ち去った。純子も一瞬険しい表情を見せてから仕事に戻った。

私には菊池よりも飯田の方が怖かった。飯田は非人間的なところがある。私たちを人とは思わず単なるものとして扱っているようだった。彼の暴力には容赦がなかった。その冷たい表情は殴っている時も変わらなかった。彼の怒りには実体がなく空虚だった。その蔑む視線は私たちに向けられているにもかかわらず、その目には私たちは映っていなかった。ある日、重複障害者の糞尿の始末をしている時、何を思ったのか、それを障害者の顔に塗りつけ口を開かせると便を押し込み始めた。障害者は何の抵抗もしなかったが飲み込むこともなかった。当然それは口からあふれて寝具を汚した。彼は怒り、口を閉じさせて殴った。障害者は苦しみ誤嚥をして、咳をしようとしたができない。体を震わせて暴れたが彼は頭と顎を強い力で挟み込んだ。障害者がやがて動かなくなるとその手を外した。障害者は少ししてから息を吹き返した。彼はその様子を見て酷薄な表情を浮かべた。そして低い声で笑いながら部屋を出て行った。障害者はしばらくして高熱を出し医務室に収容された。一週間くらいたって戻ってきた時、げっそりと痩せていた。

またある日、私の方を見て言った。

「お前、障害者にもかかわらずまともな目をしているな。それが俺たちの癇に障るんだよ。お前、一人前に生きているような気でいるんじゃないか。俺たちの介護がなければ一瞬たりとも生きられないという現実を忘れるな。お前は全ての人に捨てられてここに来た。俺たちに視線を合わせるな。いつも下を向いておけ」

私は目を伏せた。争いたくない。

「お前の態度はどこか俺たちを見下し観察しているように見える。それはどこからくるんだ。何か俺たちに言いたいことでもあるのか。不満があるのか。そんな立場にないことくらい分かるよな」

「私には何の悪意もありません。ただ見つめてしまうのです。それは昔からの癖です。外界は私の眼を素通りしていくだけです。私はただの透明なガラスです。何の考えもありません。許してください」

飯田は私の方に近づいて言った。

「じゃ、そのガラスを割ってやろうか。お前の眼に何も映らなくなるように」

彼は両手で私の顔を挟んで力を入れた。そして親指で目を押し始めた。痛みに耐え兼ね「止めてください」と言うと、さらに強く押し込んだ。私は目が潰れると思い、片腕で払いのけようとしたがびくともしなかった。私は体を震わせて暴れた。ようやく飯田が手を離した時、目から血が流れた。私の脳裏にさまざまな色の光の粒子が飛び交った。彼は私を殴って唾を吐いた。

「障害者に眼なんて必要ない。二度と俺を見つめるな。お前に俺を客観視して観察する権利なんてない。外界はお前を中心に回っていない。お前は取るに足らぬゴミなんだよ。それを忘れるな」

私はしばらく手で目を覆っていた。もう見えなくなるのではないかという恐怖に支配された。目の奥に鋭い痛みがあった。目をつむったまま瞼を少しずつ開けた。光が薄ぼんやりと霞んで見えた。私と世界の間に膜があった。その膜は容易に剥がれなかった。右目は対象を見る能力を失ったようだ。左目は何日か後、ようやく確かな光を取り戻していった。私は飯田がひどく怖くなった。それは心が震えあがるほどだった。何をされるか分からない恐怖に支配された。飯田を広場で見かけると体が硬直した。純子が広場を通りかかり私を発見した。私が両目の周りにあざができていて右目が潰れているのを見ると血相を変えて言った。

「誰がこんなことをしたの？　職員の人ね。名前教えてくださる？」

私は仕返しが怖く言えなかった。彼女は私の眼を見つめ何度も繰り返したが私は黙り込んでしまった。すると周りの障害者たちがイイダ、イイダと言って騒いだ。「そうなんですか！　確かなんですね」と言い私に確認を求めた。私は仕方なくうなずいた。部屋に戻った私のベッドの脇で彼女は飯田が巡回してくるのを待った。やがて飯田がやってきた。彼女は強い目で彼を見た。

「飯田さん、本田さんに暴力をふるいましたね。それは確かですか？」

「そうだよ、なんか問題がありますかね」

「無抵抗な人にこんなことをするなんて決して許されることではありません」

「あなたはどうやらここのシステムが分かっていないようだな。職員は収容者に何をしても自由なんだよ。それは私たちの判断に任されている。態度の悪い収容者には体罰をしていいことになっている」

「そんな理不尽なことがあるわけありません。上に訴えます。それがだめなら外部に訴えます」

「あなたはここにいられなくなるよ。強者が弱者を支配するのは当たり前の道理だ。外の社会と同様、弱肉強食がここの論理なんだよ」

「ここは福祉の施設なんですよ。障害者に奉仕するのが私たちの仕事です。あなたは不適格者です。訴えます、苑から去ってください」

飯田は「分からないやつだな」と言って彼女の頬を平手打ちした。そして部屋から出ると少ししてから菊池を連れてきた。飯田は「こいつらを縛れ」と菊池に命令した。菊池は「これは見ものだな」と言って抵抗する私と彼女を縛り、猿ぐつわをかました。

彼女は叫ぼうとしても叫べなくなった。飯田は言った。

「勝つのは暴力なんだよ、得体の知れぬ愛ではない。愛は無力だ。暴力は世界中に蔓延している。暴力に勝つには暴力をもってするしかない。世界はそうしていつか滅ぶだろう。こんなろくでもない世界は滅んだ方がいいのだ」

飯田は彼女と私を殴った。菊池はにやにやと笑いながら言った。

「お前ら、結婚すればいいよ。醜い重複障害者と美女が交尾するとどんな化け物が生まれるだろうな。中途半端はいかんよ。そこで交尾しろよ。愛という名のもとにな」

菊池は純子の衣服に手を掛け、胸を開いた。彼女が激しく抵抗した。飯田が言った。

「そのくらいにしておけよ。もう十分に身に染みただろう。俺たちに歯向かうやつはこうなるんだってことを」

二人は遠巻きにしていた障害者たちを睨みながら出て行った。

それからしばらくして障害者たちは純子と私の紐をほどき、猿ぐつわを外した。

純子は胸を押さえながら「許せません、こんなこと」と言った。私はすっかり怯え、参っていた。

彼女は上に報告したが何の反応もなかった。そのため警察に行き、全てを話すことを告げた。上層部は彼女を解雇した。彼女は警察に行って苑の内情を訴えたが警察はなぜか動かなかった。

「やすらぎの苑」に再び救いのない暗闇が訪れた。私はショックを受け、小さく縮こまった。私にできることは何もない。私は彼女を救えなかった。その絶望感に圧倒されていた。

最初から何もなければよかった。私は生まれなければよかった。どうしてこの世界は無ではなく存在しているんだろう。なぜ無ではいけなかったんだろう。その疑問が再び私を苛んだ。生があるから不幸がある。不幸の源は生なのだ。私は改めてそれを思い知った。死にたいと強く思った。私は今まで死を幾度となく考えたのに死にきれなかった。だから今の不幸がある。あの時死んでいればこの不幸を味わうことはなかっただろう。なぜ生きたんだ、なぜ死ななかったのだ、という後悔が私の心を切り刻んだ。重度の重複障害者が幸福になれるわけはなかったのに。私は何を期待していたんだ。純子にもう会うことはできない。彼女と会っていたほんの瞬間私は幸せだった。しかしそれが泡沫の夢だったことは分かっていたはずだ。死のうと私は思った。それが本当の「やすらぎ」だと思った。私は部屋のベッドの上で思い詰めていた。すると隣の全盲の障害者が私に声をかけた。

「あなたが今、何を考えているのか私には分かるような気がします。死んだら終わりですよ。何の希望がなくても人は生きられるのですよ。絶望の中でも人は死なないようにできているのです。自殺した人はみんな向こう側へ衝動で跳んだ人たちです。人は衝動でしか自殺できないのです。冷静な気持ちで自殺した人は一人もいません。生きていれば何かしら救いがあります。こんな無様で衰えていくばかりの私でも朝の小鳥のさえずりは聞こえます。そんな時、今日も生きていたんだと思って嬉しい気持ちになります。日の光を感じることはできませんが心が明るくなります。暗闇の中に沈んでいても太陽の光を想像することはできるのです。何もかも生きてこそです。死んではいけません」

私の冷え切った心がその言葉で動かされることはなかったが、身動きできない進行性の病をやんだ彼の精一杯の心遣いはありがたかった。確かに人はどんな精神状態であっても死ぬ時は衝動的に崖を跳び下りるんだろうと思った。死が救いだなんて考えることは死者への冒涜になる。自殺した人も本当は生きたかったんだろう。生きたくても生きられなかった人も数限りなくいる。ならばあとほんの少しだけ生きていようと私は思った。しかし純子のいない苑で何を糧に生きていけばいいのだろう。死への誘惑が相変わらず私を襲った。私の心には空虚さしかなかった。もう純子にこの世で会うことはないのだという現実がつらかった。ただただ思い出に浸り、心の痛みを紛らわせた。

飯田の私たちを見る視線が険しくなったことに気づいた。それはほとんど睨んでいると言っていい。前から嫌悪に満ちた視線なのだが、度を越していると思った。冷たい表情に明らかな意志が加わって別人のように変わった。私の部屋で「あう、あう」と唸っている重度障害者を殴る手に力が加わってきた感じがした。

そして演説が始まった。

「お前たち、重複障害者が救われる時が近づいた。その苦悩から解放されるお前たちは幸せだ。お前たちは自身の過酷な運命をなぜなんだと呪ってきただろう。その答えは出ている。過去の悪行がお前たちに祟ったのだ。全てが関連している。偶然なものなど何もない。全ては必然であり『現在』は過去によって運命づけられているのだ。その生を苦悩のうちに過ごし無残な死を迎えるのは、あらかじめ決まっていたことだ。それを覆すことなど絶対にできない。死こそお前たちに与えられた唯一の自由だった。それなのにお前たちは自殺しなかった。その罰が与えられようとしている。重い障害を背負って生まれた無垢の赤子に罪はないというかもしれない。しかしそれは世界の苦悩がそこに凝縮したというだけだ。何の不思議もない。人間は誕生して以来、互いに殺し合うことを止めず、憎み合って生きてきた。のみならずさまざまな生き物を喰い殺して、その犠牲の上に人間は生きてきたのだ。お前たちの障害と死は必然だ。死は一瞬のことだ。苦しまずに死ねる。お前たちは死によって救われる。その長い苦悩に満ちた一生は死によって贖われる。時は満ちた。時は満ちた」

私は何を言っているのかよく分からなかったが、神の次に偉い健常者の言っていることは常に正しいと思った。ただ怖かった。その迫力が、嫌悪に満ちた表情が怖かった。私はどうすればいいのかと思った。身の危険を感じた私は台所の引き出しからキッチンナイフを取り出した。それでどうにかなるわけではなく、あくまで護身用だった。といって片手片足の私が誰かと戦えるわけがなかった。

ある夜のこと、寝静まった「やすらぎの苑」にごつごつした音とギャッとかウッとかいう連続した低い呻き声が部屋から部屋へと移っていった。激しい泣き声がした。

それはまもなく私の部屋の方にまで押し寄せてきた。そしていよいよ隣の部屋にまでそれは迫った。そして数分もおかず私の部屋のドアを開け、男が入ってきた。頭にライトを巻いて血に染まったナイフとハンマーを持っている。飯田だ。薄ら灯りでもその顔は分かった。すごい形相をしていた。六人部屋の向こうの端から、まずハンマーで頭を殴りナイフで心臓を射抜いていく。私は恐怖で身動きできなかった。もう終わりだと思った。その時、一人の女性が「何をしているの！」と叫んで部屋に入ってきた。北沢純子だった。飯田は振り返り純子に襲いかかろうとした。私がベッドを抜け出し、男の背後に回ったのと同時だった。私は持っていたナイフで男の背中を思いっきり刺した。男はぎょっとした顔を私に向け、苦悶の表情をして崩れ落ちた。男はなおも立ち上がり向かってこようとしたが口から血を吐き、その場に倒れ込んだ。

純子はその夜、激しい胸騒ぎがして、いても立ってもいられなかった。彼女は警備員に大切なものを忘れ、取りに来たと言った。警備員は顔なじみだったが通すわけにはいかなかった。彼女は素速く隙を見て苑内に入り全速力で走った。警備員が後から追った。どの部屋も阿鼻叫喚の様を極めていて、彼女が薄ら灯りの部屋に入った時、修羅場に出くわしたのだった。

辺りは静かになった。まるで何も起こらなかったように。みんな絶命したのかもしれない。

朝になると苑内は大騒ぎになった。警察のパトカーやら救急車が十台以上駆けつけてきた。三十五人の死傷者が確認された。そのうち二十五人が死者だった。手を真っ赤に染めた私は「自分がやった」と言った。私はその場で逮捕された。純子が事の次第を警官に必死に訴えた。しかし私は連行された。この前代未聞の大量殺人は捜査の結果、飯田のナイフとハンマーに犠牲者の血液が付いていたことから飯田の犯行と判明し、私は純子の証言にもかかわらず過剰防衛となり逮捕送検された。

飯田は気を失っていただけだった、キッチンナイフにそれほど殺傷能力があるはずもなかった。護送車の中で彼は笑っていた。自意識過剰の自己顕示欲が満足して狂喜していたのだろう。

『俺に罪はない。何十人も苦悩から救ってやったのだ。エノラ・ゲイで広島、長崎に原爆を落とした過去の卑劣な英雄たちよ。お前たちは一般市民を巻き添えにして何万人も殺した。これは大いなる罪だ。戦争だからって何もかもが許されるわけじゃない、この計画に参加した者は人類最大の殺戮者であり末代まで呪われてしかるべき罪を犯した、だが罰がないのはなぜなんだ。投下した乗員も指示した大統領も幸福に長寿を全うしたのはなぜなんだ。なぜ天罰が降りないんだ。なぜなら神は人間に興味がないからだ。人間の火遊びなど一瞬に消して、戦争をこの世から永遠に消し去ることのできる万能の神は人間を放置した。人間に罰が落ちないのなら神自身が罰せられるべきだ。俺は神が憎かった。俺たちの際限ない不幸をその手で救ってほしかった。原爆でもホロコーストでも沈黙を貫き通し、責任を放棄した神は罰せられるべきだ。神はその激烈な一撃でこの世を創り出した。創っている間は面白かった。だがやがて飽きて長い眠りについたか、もしかしたら死んだのかもしれない。神の残した残骸は特有の化学反応を見せて人間まで創り出した、今や人間は素粒子と深宇宙を研究するようになった。科学は急速な発展を遂げ、物質を極限まで研究しようとしている。だが無駄なことだ。そんなことに莫大な巨費を投じるなら目の前の悲惨な人たちに目を向けろ。科学者のおままごとに付き合うのもいい加減にしろ。人間にはこの世が「なぜ」生まれたか永遠に理解できないのだ。「いかに創られたか」については研究が進んでいる、だが宇宙の創造は何のためになされたか。それについて答えられるのは神だけだ。だが神はいない。いたいけな親子が暴走する車に跳ねられ命を落としても神は平然としている、ブレーキなど踏まずに神なら事故を未然に防げたはずだ。だが神は何もしなかった。いや、できなかったのかもしれない。万能の神は力を失った、俺の凶行も止めようとはしなかった。神はこの世にもあの世にもいない。消滅したのだろう。俺は神よりも偉い。重複障害者の苦悩を救ってやったんだからな、俺を凶悪な犯罪者とみなす人たちは俺以上の極悪者だ。出来損なった障害児を箱に詰め、知らんぷりをしている。目を逸らしている。自分より不幸な人のことなんて、それこそどうでもいいのだ。俺はイエスのように人間の罪を背負って殉教する。俺はイエスの生まれ変わりかもしれない。俺は死刑になるだろう。それでこそ本物のイエスなのだ。宗教界の堕落のことは俺は知らない。だが俺がその頂点に立ったことは確かだ。笑いが込み上げてくる。ひれ伏せよ、平民よ、俗人よ、俺の英雄的行動に感謝せよ』

彼の裁判は死刑が確定した。彼は笑うだろう。

『だって俺は現代のイエスだからな』と。

『教科書に俺のことが書かれるだろう。重複障害者を救い出した英雄だとな。いいか、この世の悲惨は「やすらぎの苑」に凝縮していたのだ。俺たちのおかげでお前たちは平和に暮らし、夜も寝られているのだ。障害者を俺たちに押し付け、一切の記憶を絶って、のうのうと暮らしている障害者の親たちと、この社会制度を放置している政治家よ。猛省せよ』

「やすらぎの苑」は今もある。だが既に入居者は事件後即座に全員退去し、その惨劇の記憶を残したまま廃墟のような姿をさらしている。入居者は肉親のもとに帰ることはなく、全国各地の障害者施設に散らばった。私は執行猶予となり、海辺にある寂れた施設に入れられた。ある日、北沢純子が私に会いに来た。私を見ると泣いて片腕を手に取った。その皮膚の上に一しずく涙が落ちた。

了

この物語はフィクションであり、登場人物、公・私的機関、
企業、団体などは実在するものと一切関係がありません。

著者プロフィール

北川 聖（きたがわ せい）

埼玉県出身

やすらぎの苑

2021年12月15日　初版第１刷発行

著　者　北川 聖
発行者　瓜谷 綱延
発行所　株式会社文芸社
〒160-0022　東京都新宿区新宿1－10－1
電話　03-5369-3060（代表）
03-5369-2299（販売）

印刷所　株式会社フクイン

ISBN978-4-286-23203-4